BO2漫畫裏的角色，都用一種狀似清純的表情混跡於漫畫圈裡，他們是那麼地可愛，於是你鬆懈了你的心情，跟他們掏心挖肝，稱兄道弟，希望能很快進入他們的世界，跟他們一起玩耍。

然後你進去了，好高興。

不多久，你才發現，其實他們都是賤貨，可是這個時候已經為時太晚，你已經出不來了（好像加入了一個幫派一樣），於是你只好跟著他們一起墮落、耍賤，甚至像老鼠會的會員一樣，誘拐其他無辜的人進入這個賤世界。

好在這是一個賤人當道的時代，多認識幾個賤賤的角色，只會讓你更早體會到主流的價值，對吧？

《給我報報》總編輯 馮光遠

青年朋友們，生命就像這本書一樣，要快快的買，快快的享用，快快的大呼過癮啊！

〈愛情靈藥〉編劇／導演 蘇照彬

許多人常常猜想撥土的長相，是不是像他畫的那些小賤人一樣？不是穿內褲、包紙尿褲，就是脫褲爛……
不！麥叔叔在此鄭重否認，撥土長得沒有F4也有F16，絕對是可以出唱片的那一種，而且是搞搖滾的……
話說回來，撥土，你不是說要和我組個團？
叫什麼御飯團之類的……

漫畫家 麥仁杰

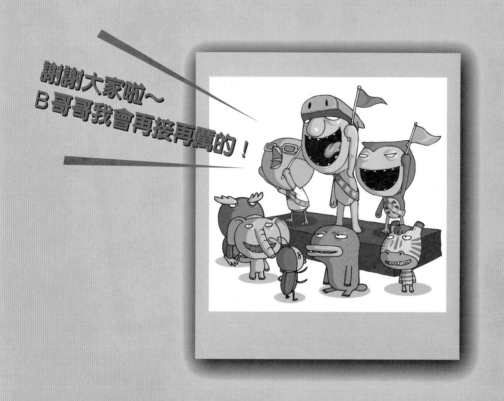

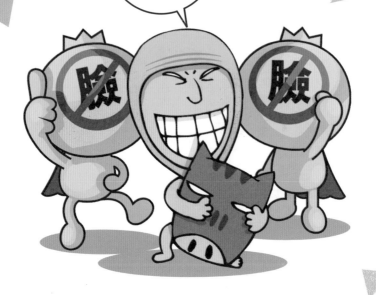

說到與人溝通這檔子事,我可是有著太多異於常人的體驗啦!跟不同年齡層的(老、中、青)、不同性別的(男、女、不男不女)、不同性向的(同性戀、異性戀、雙性戀)我都有一套特殊的溝通技巧!

是我生來就具有這種與各種不同動物溝通的天賦嗎?還是我吃了小叮噹的翻譯丸?啦啦啦~錯啦!其實就只有三個字而已……不‧要‧臉!

對啦,我的溝通必殺技法就是「不要臉」!懷疑?你懷疑我在唬爛?喂……這可是我在紅塵中打滾多年才研發出來的高科技溝通絕招耶!

終極不要臉溝通法,拉近彼此距離的好方法

啊~真抱歉!拉得太超過了~

你~你在除毛嗎?

還記得小學的時候男生跟女生都要假裝很討厭對方,女生都只跟女生玩,連去上廁所都還要手牽手一起去!女生也都會在桌上畫粉筆線來跟男生保持距離。怪怪~這對我這個「早丘」的男子來說根本就是種折磨,我寧願被頭頂挖洞灌水銀也無法接受美眉不理我的這種日子,所以「不要臉溝通法」就此萌芽!

我掀女生裙子猜對方內褲顏色、扯女生頭髮猜對方哭多久……你們一定以為我這種行為會被女生排斥吧?哈哈!你們又錯啦!馬上……是馬上哦,有人開始在黑板寫BO2愛某某某!某某某又愛BO2……到後來女生們還會彼此爭風吃醋咧!

這可跟我的長相一點都無關(我小時候其貌不揚,直到現在也好不到哪去),完全是因為我的不要臉行為替彼此搭起了溝通的橋樑……(不過那畢竟是好久好久以前的事了,現在若這

麼做搞不好會被對方當議長的爸爸或當鄉代的舅舅給給打斷手腳送到夜市去賣香……）

國中的時候因為是男女分班，所以也都只能跟男生「溝通」了！還記得當時非常有趣，兩個男生要開口、打屁前都會先偷襲對方的「麥克炸雞」（用五指猛烈的狂捏），或是趁其不備自後方由下往上「拜觀音」（雙手合併緊握，以食指猛灌對方屁眼）！說來也還真奇怪，這種溝通的前戲雖然激烈但也沒見有人為此翻臉，彷彿這樣才叫交情夠，才叫哥兒們。你看看，這也算是一種不要臉的溝通法吧！（但是若把蛋黃都捏到爆掉，那就不敢保證對方不會翻臉呦～）

在那青澀的叛逆期，還有另外一種溝通方式就更為不要臉但效果也最好！通常一開始都會先問候對方家中長輩的某器官，但是隨著時代的變遷，同輩或晚輩等親戚也可以問候了，如表妹、表弟……阿姨、舅舅等（聽說最近連水果

哇～真的好大聲呦～

「嘛A通」哦～如芭樂、香蕉等）……待這番問候語結束後，就直接切入主題了（開打囉）！

但這種「終極不要臉溝通方式」會隨著年齡的增長而慢慢消失！（當然還是有少部分的成人選擇這種原始的溝通法，較具代表性的如：民代、國代、立委……）

少男思春期未滿，把馬密招全都用

發育完成後的我因為對於追求異性十分感興趣（別忘了！成年的男人與公狗是畫上等號的），為了在朋友面前抬頭挺胸，也為了達到個人「把亮馬」的「完全比賽」戰績，我開使鑽研各種與女生溝通的密技。你要知道男生與女生的思考邏輯是完全不同的，這種差距就像是包皮與皮包的差距那麼大。如果無法將此差距拉近，只怕是「把馬不成反豬頭」了！

你們可知我為了我的男性荷爾蒙及透

明迷你小蝌蚪下了多少功夫呀？我必須了解流行服飾的走向（至少別讓自己看起來像穿中山裝的公務人員或穿「恐芭樂褲」的台客）、星座運勢及特殊減肥秘方（女生就吃這一套，只要掰得出口那就是成功的開始啦）、還要調查北台灣各地幽暗的停車場及人煙稀少的山巔、排卵期及安全期的算法，還有各種各樣調酒的後作力（這幾點該不用多做解釋了吧）……若是以上這些你都完全不瞭解，你要怎麼跟普羅級（PRO）的亮馬做更進一步的溝通呢？看到這裡你就該知道這「不要臉溝通法」也是要花心血的吧！尤其是用在把亮馬這方面，越是不要臉就會溝通得越順暢！

千錯萬錯都是我，同學A～失禮啦

其實讓我印象最深刻的一次特殊溝通經驗是在我高中畢業典禮（該說是失敗的溝通經驗吧）！

那天，我與一名隔壁班瞄我數眼的同學做了短暫但十分激烈的肢體溝通……經過那次暢快的溝通後，我才輾轉知道原來這位同學他的眼睛天生就「脫窗」……我的天！……要命的是我居然不要臉到用「硬顆顆」的木棒直接跟他的頭殼溝通！（我之所以跟他溝通，其實只是想讓他知道我被瞄得很不爽而已呀～）

結果事後就再也沒見過被四個人抬走的他了！真希望知道他的近況……

（同學A～我好想你說……不知道你的頭殼縫得如何了？縫得美嗎？當初一切都是我的錯，都怪我不該在狀況還沒搞清楚前，就使出了「不要臉溝通法」……見文請速與我聯絡好嗎？我真的好想你說～）

哇～

哇咧～你在七三小?

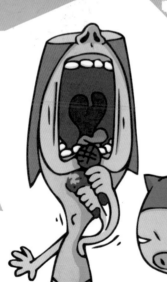

其實唱KTV是很容易讓人上癮的！等待包廂的滋味更讓人有種待嫁女兒心的特殊感受。（等不到包廂，就好像因為自己的爸爸是挑大便的……所以被退婚；意外提前有包廂，就好像爸爸賣掉養豬場忽然變成「田橋仔」的喜悅，一堆人搶著幫你做媒～）有人因為愛唱KTV送掉小命，（你知道的，就是那種被西瓜刀劈得像個「羅漢果」的慘狀！只是不懂為什麼要用西瓜刀這種俗刀來劈？不能用藍波刀或關刀嗎？）也有人因為愛唱KTV弄得怪病纏身。（誰知道那個人在包廂裡跟什麼特殊份子玩什麼特殊的遊戲～）總之唱KTV是件讓台灣客無法抗拒的全民運動，就算搞到妻離子散、家破人亡、名譽掃地也要來給他高歌一曲！我就有一個朋友POPO因為極愛唱KTV而被人以揭發桃色新聞來威脅……

事情是因為POPO欠人歡唱費400元遲遲不還，原本只是小事一樁嘛！可是偏偏POPO自己又偷偷跑去歡唱把錢花光光，導致始終沒將那400大元的債還掉！債主心生不爽，揚言要揭發他與女

極度愛唱殘障歌曲的辣妹阿雅……最終淪落到夜市賣香……

友同居的秘密！要知道此事一旦鬧開了可就非得論婚嫁了！你想想看，為了四百元，只為了四百元就得娶個女人回家……唉，真是為POPO感到難過……要是換成我，我寧願把400元先還掉，若真有那種需要……上網路訂一個「矽膠飯島愛」不就好了嗎？又會動、又會叫，還不會跟你發牢騷說你的襪子好像壞掉的「A菜」！（A菜～也有人說是鵝菜或茼蒿菜……）

超猛勁爆MTV，搞笑伴唱效果佳

至於我呢，哼哼～我也是個熱愛高歌

的平地青年⋯⋯可是我都嘛有固定的KTV班底說，算一算總共有7、8個人，每個月都會去「好熱笛KTV」狂唱到天亮！這些傢伙有男有女，但是幾乎都是完全不要臉的爛梨子～（這是台灣俚語，爛梨子、假蘋果，都是形容一個人明明沒有料卻假裝自己很屌傲）當然啦，爛歸爛～每個人都還有自己的招牌歌呦⋯⋯例如有個叫阿雅的辣妹，她的招牌歌曲就是葉╳菱的「殘障的溫柔」，每次只要這首歌曲一播出，她那殘障的招牌動作就會出現！真像是夜市裡快速爬行賣香的有為青年！

還有一位社會

> 我的手被沙發縫中的鼻涕黏住了～快救我～

> 請問有人按服務鈴嗎？

人士，人稱他為「苦情種男」小鄭⋯⋯每次酒過三巡都以淚洗面，並狂唱「我和你吻別」，只因為他喜歡的那個女子不再愛他了⋯⋯哇咧～都什麼時代了還在流這種癡情淚⋯⋯每次見他如此，我都有種衝動想將他扁到死！

我的招牌歌也不少，以前愛唱伍佰的歌，可是因為我國語太標準，唱起來怪怪的！後來改唱「動力方向盤」的歌，結局是高音部分讓我完全走音（真是高的太離譜了！感覺那兩個傢伙的喉嚨裡一個塞了張清芳，另一個塞了張雨生）最近我愛唱「採紅菱」，尤其是看那炫斃的MTV⋯⋯一位阿哥與一位阿姊不斷地在植物園的荷花池裡交互顯像，神奇的是這位梳著「高角度凸輪軸」髮型的阿姊，居然坐在一雙超大號高跟鞋內採紅菱！我在想⋯⋯會不會是〈侏儸紀公園〉的特效班底做的道具？超酷！

超夢幻快遞專線，香蕉芭樂隨你挑

各位知道嗎？社會人士唱KTV不喝點酒是不可能的（至少我是這麼認為的）！可是你知道在「好熱笛」叫一手啤酒（一手＝6瓶）得要花多少錢？貴到寧願去喝隔壁得了糖尿病的老伯伯的

尿咧！可是難道就不喝了嗎？嘿嘿……有種行業就這麼誕生了！只要一通電話告訴他你的包廂號碼及你要的東西，保證五分鐘內送到你的手上！恐怖的是價格居然比便利店裡賣的還便宜！

那這家店到底有賣哪些東西呢？煙、酒、乾果、檳榔……最勁爆的是居然還有水果跟滷味！哇咧～是誰說台灣的服務業做不起來的？真是見鬼了！連滷味都可以快遞！這世上還有什麼是不能快遞的？說不定在不久的將來，跟另一半翻臉的時候只要撥一通離婚專線，五分鐘內就會有專業律師帶著他的「寫字樓」及「巴拉松」在你家房門外待命（寫字樓＝辦公室；巴拉松＝劇毒農藥），在撇條的時候發現沒衛生紙時只要撥撇條專線……五分鐘內就有專人幫你送來柔軟純白的衛生紙（幫你擦乾淨也不另外收費，哇哈哈～真是期待！）……看全民開講看到激動處也可以撥殺手專線……五分鐘後專門用眼神去關愛下屬的那個小厚斗，就會乖乖地躺在第一殯儀館冷凍庫裡……（寫到這裡我都高興的流淚了！）

夾縫摸摸樂尋寶，又期待又怕受傷害

說到在KTV的沙發縫尋寶這檔事，

我可是超有經驗的！但也不是每次出擊都會有收穫的，有好幾次我都「凸搥」挖到包著鼻涕的衛生紙（天曉得那是鼻涕，還是……）！當然也有運氣比較好的時候，最高紀錄是在一張沙發縫中挖到50元銅板兩個、10元銅板一個、開心果3粒、鼻涕紙團一坨……至於BB機與大哥大……那是MTV流行的那個年代才有的啦！（男男女女在沙發床上翻滾，難保不掉點什麼東西出來嘛～）

所以奉勸你這個大顆呆別再做免費手機夢啦！那個挖寶的年代早就離你我遠去了！要撿全新雙頻手機最好的方法是去車禍現場啦！（要測試車禍後手機的功能是否正常只有一個方法，就是當著受傷者家屬的面大喊「拉麵」……如果你還沒被家屬海扁之前就有美眉送拉麵來……恭喜你這個大顆呆，你撿到的機子是正常的！）

不過說真的，在KTV上班唯一的好處就是可以先卜手為強！有時客人會留下鏘鏘響的嘟碰賴打（一個萬把塊呦），有時也會有麂皮鑲鑽的細跟鞋（真不知道那個人怎麼回家的？）除此之外我真不知道有什麼樣的誘因可以吸引人去那裡上班!?

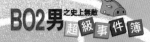

全民減肥大作戰

我～我老了～
遠願的事就交
給你們了！

羅西～快振作
起來啊！頭家
走遠了～

豬怕出名人怕肥！在這個人豬不分的年代裡，肥胖是每個靈長類都害怕的事。理所當然，減肥就成了全球最熱門的「極限運動」了！任何夢幻的減肥法他們都願意試一試，吃藥的吃藥、運動的運動……那種不怕死只怕胖的運動員精神，真是讓我肅然起敬……彷彿只要能讓他們瘦下個幾公斤，即使出賣自己的靈魂也在所不惜！

各位知道胖子除了因為想變美而減肥之外，還有哪些

哼～你可別怪我啊～

哇～好棒啊！我不怕肥啦～

理由是可以如此這般夢幻神奇地支撐著這群體積龐大的哺乳類動物，無怨無悔地投入這波成功率僅「10爬仙」（爬仙就是%）的運動呢？不瞭吧？讓我來告訴你吧，有「20爬仙」是賭一口氣……（有可能是被瘦子嘲笑過，或是被罵過吧！）還有「20爬仙」是為了身體健康，各位知道某大象隊隊員因為肥胖而變「青瞑」（台灣俚語指盲人）嗎？

這可是不得了耶！扣掉以上這些，剩下的「60爬仙」減肥者，幾乎都只是因為跟隨流行而下海瘦身，這種行為就像某電視節目裡比賽吃麻辣麵一樣，真正愛吃辣的沒幾個，還不都是趕流行嘛！（冒著噴屎的危險只為了跟隨流行？……噴噴噴～）

B式DIY減肥法，吃香喝辣全都瘦

雖然我前面說得振振有詞，其實我自己也是很愛減肥的。（對、對不起大家～其實我也是為了賭一口氣！）尤其是開同學會時，看到昔日那些瘦子同窗用那灌滿了脂肪的厚唇訝異地問道：「阿、阿肥～這真是太神奇了！你的身材怎麼那麼好？你有吸安非他命喔…

…」哇咧～誰吸那玩意兒啊？我可是硬生生，活跳跳地減掉了20幾公斤耶！（三年之中，陸續減的，沒辦法～我永遠不能忍受別人叫我阿肥或大顆A～）

這三年中我吃過中藥、西藥……也試過斷食療法、灌腸法……也研究出一套很不錯的減肥飲食公式。想知道我是怎麼減的嗎？呵呵～汽水只喝健怡可樂、咖啡只喝現煮黑咖啡、吃糖只吃薄荷香草健怡糖、吃飯前先喝三碗湯、吃涮涮鍋醬料只用醬油加辣椒（千萬別放沙茶醬）、麵包只吃白土司、喝酒只喝啤酒（烈酒熱量比較高）、睡前絕不吃宵夜、今天的糞便絕不留到明天……

說難不難，說簡單也不簡單！你們別以為這套公式做來容易，我有個朋友POPO他就做不到！百屎可樂、啃他雞、雞卵糕、屍慄架巧克

跳～跳乎伊瘦
跳～跳乎伊勇

嘔～BABY～
快要出來囉……

力、哈根大屎冰激淋、痟屎麥餅乾……什麼肥他就吃什麼！對他來說這些食物的吸引力，就像是一個裸女面對著他張開雙腿般的無法抗拒……你們看，這樣的男人就注定要大顆一輩子了，是一輩子呦！哼哼！

其實我真的覺得瘦下來很好（就算是一、兩公斤也好）！人看起來比較有精神，也可以刺激市場買氣使經濟復甦（買新衣服啦～），把美眉也比較容易成功，不然老是當人家的乾哥哥（「只是乾妹妹，剛認識的乾妹妹，只是不小心被她罵豬頭」……來賓請掌聲鼓勵～）

我的老闆現在也在減肥說，他是吃一種特殊

的神奇小藥丸，一天只要一粒！就這樣他兩個禮拜瘦了7公斤。原本長著黑毛的肥肚，現在也隱約看得到肚臍了！為了慶祝這件事我們全公司員工還特地爬上了中和的烘爐地去還願呢！真是替那粒肚臍高興啊，呵！（我們還為那粒可愛的肚臍取了個小名呦，叫做「哈囉小南佛」！可愛吧！……小南佛的意思……不太好解釋耶，應該跟雞南佛差不多吧～）

唉，不管是吃藥還是運動，總之想減肥就是要下定決心！千萬不可以有那種「只吃一點點應該沒關係吧!?」，或是「先吃再說，待會再浣腸就好～」的畫眉鳥心態（你怎麼知道畫眉鳥不是這麼想？鴕鳥都可以啊！）……

我也認識那種自己騙自己的朋友，把自己的臉頰畫上凹痕及黑黑的鼻影，身上裹著厚厚的束腹（感覺很像糯米腸），明明就是佛臉豬身，還要耍耍小淘氣的裝瘦（佛臉就是形容一個人的臉很大很飽滿），騙騙政府官員還說得過去（假冒災民），連自己都騙，實在是太遜ㄎㄚ了……！

嘔～我有夠灰遜啦～

辣到噴屎只為了趕流行？

BO2男之史上無敵超級事件簿

電影狂想曲

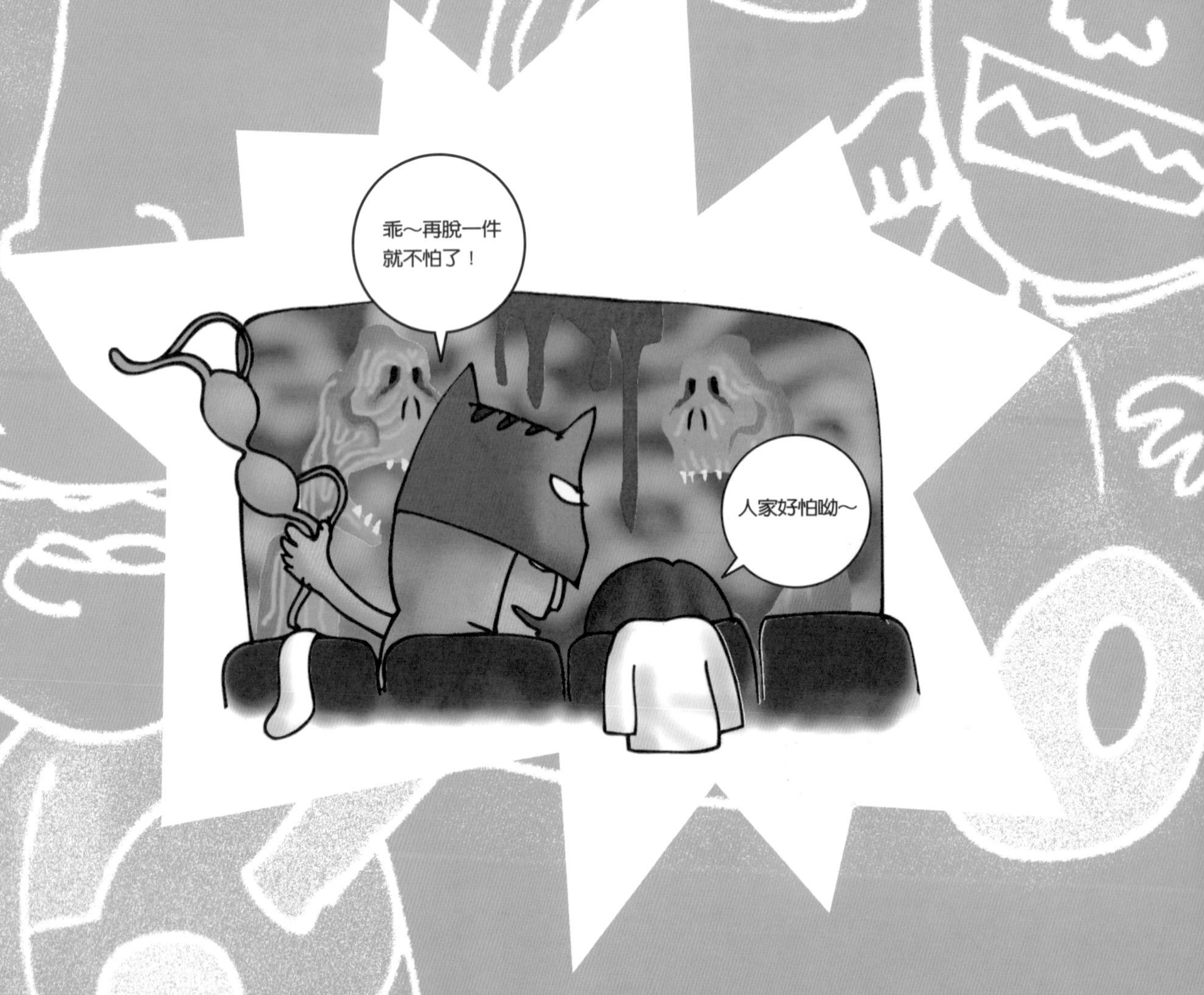

我非常愛看電影，但我是那種對電影相關資訊完全白痴的電影愛好者。難道說愛看電影就非得要懂電影？或是非得訂個什麼電影雜誌、參加什麼電影社團才叫愛電影嗎？不見得吧？你沒聽人說過一句話嗎？「演戲的是瘋子，看戲的是傻子！」既然都不是「好子」，那何不讓我們輕鬆一點來看

待電影呢？既然要輕輕鬆鬆的聊電影，那就決定用我的角度來聊，別管那些假道學的牛鼻子啦……

關公大戰怪蜘蛛，貼紙勝過授田證

我永遠也忘不了我這輩子看過的第一部電影，那大概是在我幼稚園的時期吧，片名叫做＜大蜘蛛＞。印象中這是一部大卡司的科幻片，據我哥哥告訴我（當時他也去看了～）這部片子在當時與另一部科幻片＜關公大戰宇宙怪獸＞共同角逐金馬獎最佳科幻片……只可惜劇情太過荒謬……（真的有一部關公演的科幻片啦！裡頭的關公還會變成像酷斯拉那麼大～）

至於這部片子到底演了些什麼，我不記得了～反正離不開什麼外星蜘蛛入侵地球之類的吧！最重要的是，凡是觀賞此片的觀眾都可以獲得「超黏大蜘蛛貼紙」一大枚……

天哪～多酷的宣傳手法呀！看電影送貼紙，你要知道在那個年代裡「貼紙」

死老頭～你瘋啦～這裡是12樓耶～

娘～～救我～

可是比戰士授田證管用呀……所以我就把這美美的蜘蛛超黏貼紙給貼在我家新買的鐵衣櫥上。（就是那種鐵皮做的，有印木頭紋路並附有轉盤式密碼鎖的老古董～）

結果我的下場就是被我老頭海扁了一頓……至於那張貼紙……既然叫超黏，那當然是撕不下來啦！所以那隻蜘蛛一直到我退伍的那一年，它才離開我！（同時離開的還有菲比凱思、史特龍、藥師玩脖子、中森明菜…等等過氣明星）

自備板凳看戲去，拜錯偶像太無奈

常常聽人說以前日子有多苦多苦，三餐吃番薯籤、啃菜葉……連看電影都還要自備板凳！（連飯都沒得吃還有興致

澎湖灣～外婆的…

彎你的頭啦～去死吧！

看電影，看！台灣人多愛電影啊～）沒錯，我…就是那個年代的人！雖然當時年紀小，但卻記憶猶新。記得那是一部瓊瑤的學生愛情電影，男主角是張佩華（當時很帥呦～還沒發胖呦）、女主角是小鬍子彭雪芬（她…真的有鬍子啦）大夥就這樣拎著板凳，拖著木屐地看起來了。（當時的電影院很酷，可以抽煙、吃檳榔，也可以邊吃烤魷魚、邊剪腳指甲……）

雖然這部片子我忘了名字，但我始終記得那是一部感人的電影，尤其是劇中有一段男主角抱著吉他自談自唱的片段，讓我深深地崇拜起這個能演能唱的瀟灑哥。而那首歌是這麼唱的：「我又輕撥黯啞的老吉他，我想道出心中許多

話……沉默呀沉默竟是～你的回答……」多酷呀！我每天都想像自己是張佩華，對著自己心愛的馬子唱這首歌。直到電影下片半年後，我才知道事情的真相……我徹徹底底地發誓以後再也不相信偶像了！

你們知道嗎，原來那首歌不是張佩華唱得……是潘安邦……是·潘·安·邦……太離譜了！何不乾脆叫萬沙浪來唱算了？真是欺騙消費者……

春風少年追女仔，摸黑才能搞名堂

同一部片你最多能看幾遍？這是個好問題，我想每個導演跟演員都不敢去想這個問題吧!?對一般的影迷來說一部屌片能看個兩遍就很不錯了，能連著看三遍以上就要感謝土地公保佑了！可是現實生活中也有例外的，據可

靠消息指出曾有人看<第六感生死戀>看了十幾次不夠，還跑去報名陶藝班學手拉胚；也有人看<鐵達尼>看了二十幾遍不夠爽還去買VCD回家繼續被鐵打……不可思議吧!?

其實我也有做過這樣的事情，國中時期為了把馬子，辛辛苦苦攢了點錢全部都貢給了電影院老闆！為什麼？你要知道在那個戒嚴時期想要牽牽小馬子的手、親親小馬子的嘴是多麼危險的事情呀～搞不好被少年隊逮到連前途都沒了……（我這裡指的是少年警察隊，可不是日本鬼子的偶像少年隊……）可是我能不牽小手、能不親小嘴嗎？不行吧，對不對!?男性荷爾蒙不會答應的嘛！所以只有躲到戲院裡看看恐怖片才能弄出一點名堂來。

我清楚地記得

> 怎樣？關公不可以拍電影嗎？

> 我不知道啦～我信天主教！

那部片子叫＜屍變＞，這可是一部低成本的好片！好到讓我手忙腳亂，嘴也酸。就因為這部片子讓我真的搞出了些名堂，所以我一連看了十一次……印象之深，有時在夢中都還會隱約聽見當初那些小馬子嚇得吱吱叫的聲音呢！（至於親親時的啪滋啪滋聲我就不提了……實在太激情！）

這種低級片我根本不屑看！

學者先生～您流鼻血了！

有反應～

…看電影吃東西是天經地義的事情，不然為什麼每個戲院都要設小吃販賣部？豬頭～就是因為邊看邊吃才有意思嘛！你想想看，那香噴噴的雞腸，辣呼呼的雞腳……嘔～讚 Ａ

愛吃不用假小力，看戲不需假正經

再來聊些其他的吧。你知道跟電影相關的行業有多少嗎？哇，很多耶～有服裝、道具、燈光、廣告、媒體、飯店……（聽說不是有些小牌女星在飯店兼差……當服務生嗎？)其中最重要的就是小吃業！

你可別否認你沒在電影院吃過東西…

啦！什麼？會影響別人？……那你不會分他吃一點呦！你有的吃別人沒有那當然被公幹啊！（可是如果你吃的是榴槤，那就別怨恨別人拿椅子砸你……）還記得小時候看電影都會有人來賣便當、茶水之類的，那種溫馨的感覺就很台灣味……

兜了一大圈，最後我還是要談一談色情電影……我在當兵時常常去桃園龍潭一帶看這種深入探討人類情慾的「藝術片」！有人帶便當邊吃邊看，有人帶面紙邊看邊……（不好意思說啦～你知道

的嘛）不管怎麼看，我都發現到一件事，那就是世界上沒有任何一種電影能像色情電影般地直接讓觀眾入戲，甚至忘了呼吸！（我就看過老芋仔被擔架抬走……他忘了呼吸～)

既然這種片是如此的打動人心，那為什麼大家又都對他嗤之以鼻？低級、下流、變態……所有難聽的字眼都出來

了！唉，「人類」究竟什麼時候才能坦然的面對「人性」呢？會不會再過幾個世紀人類就不承認自己是人類了呢？

「愛吃假小力」的人類，連看個電影都要假道學……唉！求求你們放自然～放自然～你給我放自然……

天哪～我拍的是悲劇呀！

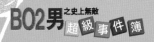

到底搞什麼鬼?

救命呀!

顫抖出奇蛋!

年輕人～你的
煙為什麼會有
大便味咧?

從小到大你聽過多少鬼故事？看過多少鬼電影？你怕嗎？小時候的我可是怕死了！還記得當時只要聽到跟鬼有關的傳說或是＜天眼＞、＜法網＞等劇場那種詭異配樂，就會嚇得將自己的「第一性徵」整坨縮進體內，就算半夜尿急也只能採用「逆滲透循環法」將尿液再回收……哪怕回收過程有些許溢出也不敢下床去尿尿！

說真的，當時我以為之所以會害怕是我年紀小，而且沒見過真正的鬼！（人類對於自己未知的事物都會有一種莫名的恐懼）直到我長大…慢慢地…我總算見識到了什麼才叫「鬼」……也才了解到原來怕鬼是活人應盡的義務呀……

四個蠢蛋直流汗，碟仙面前抖鳥蛋

國中時代正是玩碟仙風氣最盛的那幾年（所有書局、文具店都能買得到），當時因為學校三申五令禁止學生玩碟仙，所以我們幾個「打鼓俱樂部」的成員仗著藝高人膽大，就溜到學校體育館的儲藏室裡玩了起來。

由於當時是第一次玩這種搞鬼的遊戲所以一切遵照說明書來辦理，首先依規定要四個人一起將食指放在碟子上然後默念：「碟仙、碟仙請降臨……」，待碟子開始移動時，就表示碟仙已降臨。還記得當時那個令我冷汗直冒，鳥蛋直抖的碟仙是個男的，他說他正好經過那兒就被我們給請了去！

這時大頭開口發問了：「碟仙、碟仙，請問我能畢業嗎？」這時碟子居然移動到「禮」跟「物」這兩個字……天哪！到底是要用禮物去賄賂老師，還是說得用禮物來跟他交換答案！

就在心中還在默想這個問題的時候，碟仙慢慢地移動到「交」跟「換」這兩個字……這下我真的怕了！問他什麼問題就移動到相符的字上頭……真是見鬼了？結果你知道他要什麼禮物嗎？香煙……碟仙要抽菸!?大頭趕緊點起一支臭普35菸放在桌上。剛才說到我的「鳥蛋直抖」就是這個時候的事情……香菸居然要命的閃著紅光，彷彿真的有個傢伙在抽它似的！

什麼？你說有可能是風吹的？密不通風的儲藏室裡，哪來的風呀？答案？哇咧還答案咧～我們四個還等不及碟仙抽完那根菸，就各自帶著顫抖不止的鳥蛋爬回教室了……誰還管大頭畢不畢得了業呀！

若要鬼兒不扯髮，騎車請戴安全帽

高中時迷上了「吼車」，常常一下了課就跨上「嘔多拜」載著美眉去大度路找人拼命！你要了解到一件相當重要的事情，那就是當時還不流行戴安全帽，所以每位「飄撇」的騎士都嘛是赤手空頭的來吼車！究竟有多少人因為沒戴安全帽而在大度路掛點？我是沒統計過，但很肯定的就是這個死亡數字是我的雙手加上你的雙手，還有坐在你邊上那個

豬頭的雙手都不夠數！那麼多的枉死鬼在這條路上遊蕩大夥不怕嗎？告訴你，我後來真的怕了！

事情是這樣的，記得當時坐在後面緊抱著我的是個長髮披肩發育還不錯的美眉，就在我風馳電掣享受極速快感及背部按摩的同時，大乳妹哭了！怪怪，開什麼玩笑!?我吼車技術一流居然敢給我流淚！我一扭頭冷酷地問道：「七啦，中猴啊！」只見她那扭曲變形的瓜子臉上佈滿淚水：「嗚～有人在拉我的頭髮啦！」

「哈哈，開什麼玩笑！那是風吹的啦！現在時速130公里耶！有哪個色鬼那麼無聊，只為了拉一下妳這個大乳妹烏黑的秀髮而徒步加速到130公里呢？難道是他樟腦丸吃多了嗎？」我才用道地的國語說完以上這段話，頭皮就一陣麻……

各位請注意！我當時留的可是平到不能再平的小平頭，哇咧～連我都感覺到有人在拉我那不到3公分長的頭髮！（你釣過魚嗎？就是魚兒上鉤時的那種拉扯力道……）

流淚？喔……那只是當時我的反應之一罷了！結果當晚我就帶著大乳妹及被機車椅墊壓著所以無法抖動的鳥蛋，以

40公里的時速逃離現場！想當然爾，我從那天起就多了兩頂安全帽！

軍中怪事有夠多，何止尹案這一椿

軍中怪事真的很多！這會兒可是我親眼所見絕對假不了……

當時我與一個菜鳥在營區大門站凌晨一點到三點的夜哨。你猜我聽到什麼？一個女人似哭非哭、似笑非笑的詭異歌聲從圍牆外傳來……先要說明一點，本營區位於楊梅某山頂的飛彈雷達管制區，方圓百里皆草木，而且還是冷到要穿8件衣服6條褲子的1月天呦～怪怪！這女人不是瘋了就是欠扁！

「喂，菜鳥！你去看看到底怎麼回事？記著別亂開槍呀！」我邊起雞母皮邊故做鎮定地這麼說。過了十幾分鐘菜鳥回來了：「報告學長，外面什麼都沒有呀！」

怪了！這個聲音到底打哪來的？不一會兒全營區的狗像著了魔似地從四面八方狂奔到營區外20公尺處「吹狗螺」！我發誓我看到了一個鬼！它就站在離那些狗約10公尺外的大樹下，狗兒彷彿也知道那玩意兒不是人，所以始終不敢再上前……我用軍用手電筒直射它，它……它居然是半透明的……「么壽呀！菜鳥～你有沒有看到……那是什麼？」

只見那菜鳥一直眨著眼說不出半句話來，淒厲的歌聲忽近忽遠……那個傢伙就這樣掛在半空中，約20分鐘後才慢慢消失……

它的出現留下了什麼？它留下了兩個隔天在浴室洗褲子的大頭兵……（為什麼洗褲子？喂～你…你哪壺不開提哪壺呀？）

我知道你對我好，但是能否給現金

家中鬧鬼可不是開玩笑的，但若是祖先顯靈那就另當別論了。

幾年前的某個夏夜，我剛從外面回到空無一人且悶熱的家中，一進家門我就鑽進房間換下一身的臭衣服，待我再進入客廳時，怪怪～暑意全消，涼得咧！是誰幫我開的冷氣呀？真奇怪，當時倒也沒想太多，只以為是冷氣秀逗自動開機。此時肚子餓得咕咕叫的我進入廚房弄了碗泡麵來吃，麵還沒泡好我已經站在廚房外呆掉了……你知道嗎？電視開了！哇～～～哪有這樣的怪事啦！隱形人出現了嗎？他到底想要幹嘛？難不成待會兒還要幫我放洗澡水，或是幫我腳底按摩？但是各位先別急，要知道這種

感覺跟前幾段所提到的那種恐懼感是不同的，當時的直覺就是「祖先」來訪！（我家的神桌上有供奉觀世音及祖先牌位……但為什麼沒想到是觀音大士？你嘛幫幫忙！觀音大士忙得咧～）

心中雖然略帶一「嗲嗲」小恐懼，但還是被現實生活的壓力所克服了！

「B氏列祖列宗～我是B氏後代小BB，今天很感謝你為我開冷氣消暑、開電視解悶，能否再請你幫我個忙？我需要現金解憂愁……」手中拿著三柱香的我對著神桌喃喃地訴說著心曲。

唉！時至今日也好幾個寒暑過去了，我依然缺錢缺得慌！看來那天幫我作客房服務的恐怕是走錯房間認錯人的別家祖先了！否則……為什麼我的皮夾子裡還是只剩500元!?

那你認為現在的台灣人怕不怕鬼咧？我想只要身為鬼都會為了這個問題而氣噗噗！以前的人都會告誡小孩不能夠幹

壞事，因為鬼在半夜敲你家門時，你會怕到「馬上風」！（若沒幹壞事，半夜鬼敲你家門時你就可以大大方方的告訴他……滾～）

　　現在可不同了，管你新政府、舊政府全都一個樣地帶領人民來搞鬼，那種「不搞鬼就是白痴」的思考邏輯及行為模式似乎已經根植在台灣人的心中了！唉～鬼呀鬼！你們也爭點氣吧！趁著七月半鬼門開時，好好整整這些不怕鬼的台灣人吧！但是可千萬別來找我呀……我怕怕呀！

BO2男 之史上無敵 超級事件簿

鳳凰花開時

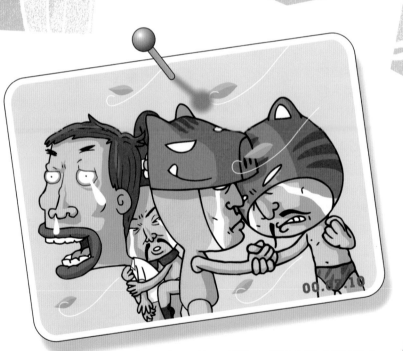

友ㄓㄓ情～人ㄅ人～都需要友ㄓㄓ情！同學們，畢業後也要記得常連絡哦～

艷陽下的35度高溫啟動了記憶裡的8釐米黑白影片……鐵雄駕著鳳凰號慢慢飛離校園，留下了一樹梢狂開的鳳凰花……最後的一次火鳥功在驪歌聲中結束了。老舊的大禮堂裡同學們強忍著微鹹的淚水互道珍重，不斷上下滑動的喉結彷彿在告訴所有人：「死黨們！我不會忘記你們的！記得常聯絡！」

呵呵！騙肖耶～我是個過來人，常聯絡？隨著鳳凰花的凋謝，這種離情依依的熱度能夠維持兩個月就很偷笑了！雖然說一般的學子離開校園後就慢慢的彼此遺忘，甚至完全都不聯絡的占了大多數。但總是有一些讓你一輩子都忘不了的同學或朋友吧！像我，就有一堆這種因畢業而失去聯繫的同學……唉，每次只要一到了這個鳳凰花開的季節就會想起當年他們的種種……

讓我不敢再吃來路不明漢堡的同學

小時候我唸的是台北貴族小學（在建中隔壁）同學家裡都超有錢的，那個年代只有「好野人」家庭才能吃得起媽媽做的漢堡（我那時連漢堡這兩個字都沒聽過，麥當勞叔叔當時也還沒到台灣！）。

某日我的好同學「大尾」在開朝會時臉色慘白且猛放雞蛋屁……（該怎麼解釋雞蛋屁呢……

沒奶油了～可麗奶也有個奶字～將就點吧！

媽，妳說得是真的嗎？

可麗奶　　香蕉水

就是拉肚子時放的那種……有濃濃的溫泉雞蛋味）不停地放……就在我差點使出「讓你全家去死必殺迴旋踢」時，狀況出現了！

因爲連續7.5級的「屁震盪」導致括約肌彈性疲乏，再也關不住他滾滾的黃色液態——橙黃色的液體夾雜著芭樂籽及玉米粒沿著慘白的斷層帶慢慢流下……此刻時間彷彿特地爲他尷尬地靜止了三秒鐘……三秒過後大尾居然做出了難度高達9級的「英雄倒」標準動作（全身筆直，雙腳位置保持不動直接以鼻樑撞擊硬顆顆的地面……謂之「英雄倒」，通常部隊長官會要求即將暈倒的士兵做這樣的烈士動作）！天哪，任憑他鼻血狂飆屎湯四溢也沒人敢去攙扶他！

怪誰？還不就怪他老媽把「可麗奶」（擦鞋子用的）當成奶油來夾漢堡……沒死算他好運了！也還好那天他沒喝水壺裡的飲料，據其他同學說他的水壺裡裝的是香蕉水！他媽媽說多吃香蕉身體好……（大尾畢業後就消失了！聽說是因爲他解不開心中的結……何必嘛～該消失的是他那個蠢媽……）

讓我提前改邪歸正的同學

國中對一個男生來說是非常重要的人生轉型期！一個男人將來是奸商、官僚或是挑大便的都看這個時期。我有個同學叫「大頭」他就因爲這個時期沒轉好，後來就變白癡了。

當時我們幾個C段班的同學組了一個「打鼓俱樂部」（打鼓是獄中的黑話，就是抽菸啦），每天放學後就聚在植物園裡抽菸，你一口，我一口的PLAY起來（PLAY是我真正學會的第一個英文單字），而我們

媽～可麗奶根本不是奶！

哇咧～噴屎啦……

的「鼓」都是這位大頭提供的，他都是偷他爸爸的「臭普」三五香菸（臭普就是台語發霉的意思啦）。因為他爸爸是專業的挑大便師，所以煙都會有一股濃濃的大便香（是真的挑大便呦～而且聽說大頭他爹在那一行裡算是PRO級的……挑得又快又好）。也就因為大頭總是有辦法提供我們這些「細漢仔」大便口味的香菸，漸漸地我開始崇拜起大頭了，這種崇拜愛戴的心態一直延續到大頭在撞球間，被人用烤香腸的竹籤刺

爆肛門後才消失……

因為這時我才知道原來大頭是這麼的「俗辣」！他居然哭著跪地求饒……老師不是教我們說「士可殺不可辱」嗎？就因為這件衰事，大頭慢慢地退出了我們這個菸友俱樂部。我們也因為這件事而決定棄暗投明……據說大頭後來自暴自棄去吸強力膠而變成白痴，一天到晚在廟旁亂報明牌，且常在開獎後被海扁的很慘！唉，現在回憶起來其實大頭也算是個挺好的哥們……無奈已經變成白痴，算是另一個境界的人了！

我覺得這香煙有你老頭的味道耶！

很香吧？我老頭得過金糞獎耶！酷吧!?

很像矮子喬登及科斯納的兩個同學

　　高中時我念的是位於永和一條小巷子中的「高級昂貴的職業美術學校」，同學中有很多是像我這樣怪怪的人！當時我們也搞了一個俱樂部，名稱叫「又大又長又很硬俱樂部」。當時最「ㄅㄨㄚ」的活動就是帶美眉去地下舞廳跳「洛克」及「霹靂舞」。

　　那時俱樂部中有個殺手級的角色叫「油飯手」，他的大拇指長得很像賣油飯用的飯杓。每次他帶美眉去跳舞，都搞到要進醫院掛急診！原因是他跳洛克的時候都會像喬登灌籃那樣吐舌頭，偏偏這種洛克舞的動作特大，咬到自己舌頭的機率大過咬到自己的痔瘡！這位油飯手在畢業後也失去了聯絡。打電話去他家找他都找不到人，得到的答案都是：「對不起！不太清楚耶……」我在想可能是他的舌頭還沒痊癒，始終無法用很清楚的國語跟他家裡交代行蹤，所以才會有「不太清楚耶」的這種答案！(希望油飯手同學盡快出面說明，你還欠本俱樂部年費748元，加上12年的利息總共是845215552元)

　　另有一位同是俱樂部中的大佬「蛙人」也很令我懷念。為何叫他蛙人呢？因為

各位，外表看來這隻腳沒什麼特別～

蹼

好痛苦啊～

他長年罹患「潰瘍型香港腳」,而且潰瘍處都集中在腳指縫……所以只要他將腳指用力張開就會自然形成像「蹼」一樣的黏膜(很像<水世界>裡凱文科斯納演的男主角那樣),當時他與另一位帶有嚴重狐臭的鄰班女生在一場競爭非常激烈的「十大校園恐怖份子」票選活動中並列第一,據可靠消息指出目前他已經移民到馬爾地夫並擔任浮潛教練……看來這份工作比他之前做室內設計師要來的適合他!

腦袋「恐古粒」(裝水泥)且肝火很旺的職場同學

唸了社會大學交到的朋友就更夢幻了!幾年前我認識了一個叫「高爾夫賴」的職場同學,這個同學對信奉的天主教信奉的十分執著,他甚至覺得聖母瑪麗亞是他爹的親娘(言下之意就是說耶穌是他的爹……也沒錯呀~),他絕對不允許別的教派人士,或其它不同於天主教基本教義的

ㄟ~
洛克!!

耶~
洛克!!

美眉~我看妳以後還是跟我比較有前途~

言論在他周圍出現。所以我與他的友誼就在一次討論教義的純聊天中宣告畢業！

當時他問我：「基督教信奉的是誰？」我答道：「是耶穌！」他又問：「耶穌的親娘是誰？」我狗腿地答道：「是天主教的聖母瑪麗亞，沒有他就沒有耶穌……」他十分開心地呵呵又問：「那哈麗路亞呢？」這……我沉默了幾秒回答他：「哈麗路亞是一首歌的歌詞！」……他老大當場翻臉，我看情況不對馬上又問：「提示一下啦！跟哈麗露牙膏有關嗎？」

……就這樣五年的交情就玩完了！其實他人真的不壞，只是搞不懂他為何不能輕鬆幽默一點？就好比拿《聖經》來說吧，《聖經》買就有啦！可他老大不要，他要手抄本！哇咧？苦是苦到我耶，他要手抄本《聖經》自己不去抄居然要我幫他抄，抄得不滿意還生氣……這是什麼道理？或許他是故意考驗我吧!?不瞭，但我還是挺懷念這位同學的……

其實我還有很多很多畢業後失去聯絡的怪同學，礙於篇幅無法一一地跟各位一起分享！希望他

們都能看到這篇文章，知道我很想念他們！也希望能交到更多志同道合的新朋友……如果各位有興趣交我這種怪朋友

請盡速與出版社聯絡，或直撥0204……IDD收費每分鐘20元……限18歲以上人士……

BO2男之史上無敵超級事件簿

我愛運動

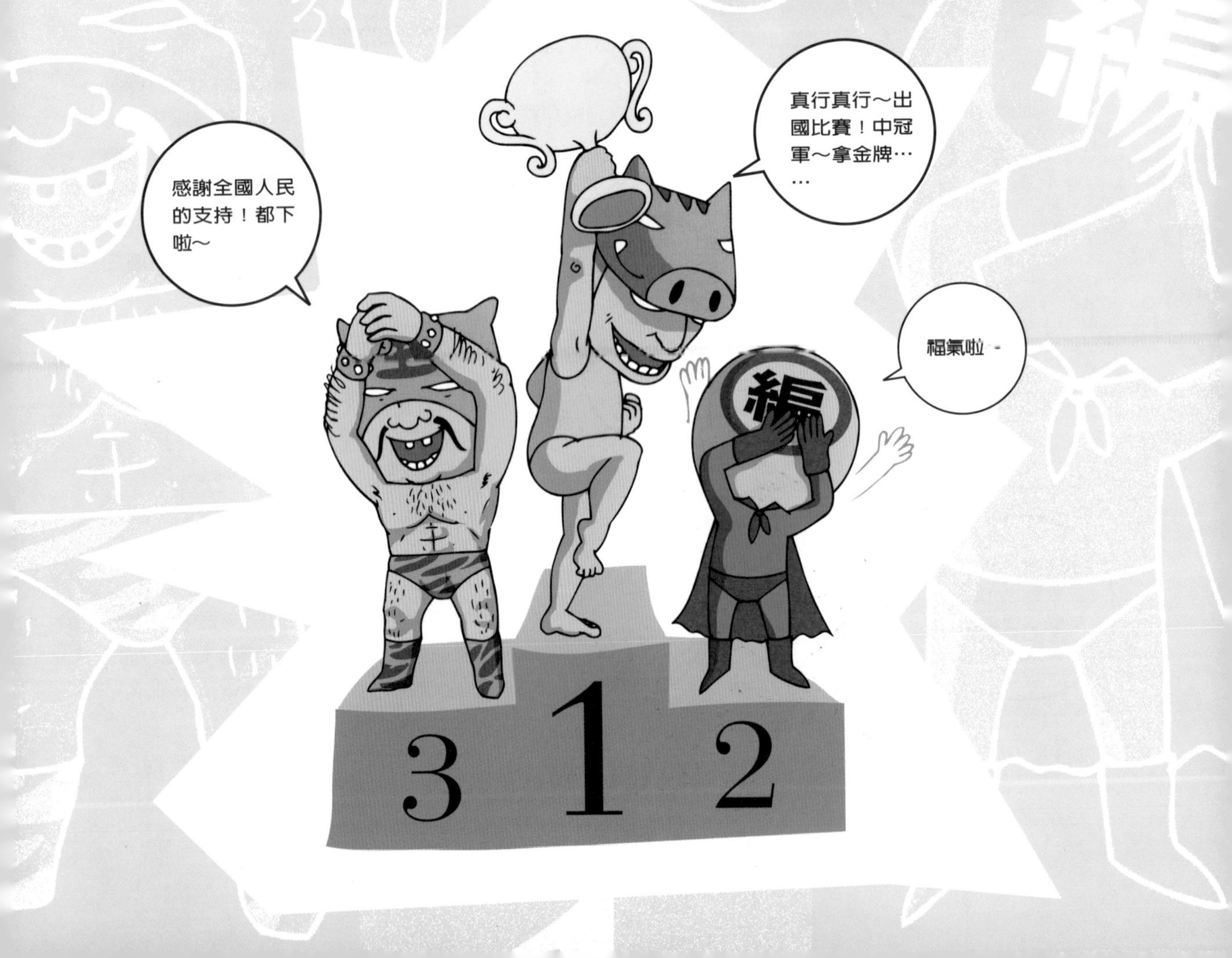

其實我是個熱愛運動的男人，每次只要遇上奧運現場轉播，我都會熱血沸騰地在電視機旁為台灣選手加油打氣！以前總覺得台灣的運動員很可憐，不論官方或民間都非得要遇上這種大型體育競賽，大家才會重視運動這檔子事。平時別說是運動員吃禁藥了，就算是喝農藥也不會有太多人關心。

但這幾年真的改善進步很多了。各類體育頻道紛紛開播，運動員的素質、行情也水漲船高。遙想當年青澀的我也曾夢想當個能為國爭光的

偉大運動家！而這個夢想隨著年紀的持續增長，及鈣質的快速流失而漸漸變得遙遠夢幻……

叛逆少年的籃球夢

國中時愛逞強鬥狠的我雖不至打家劫舍，但也常惹是生非成為師長眼中的毒瘤。相信嗎，像我這樣的惡性腫瘤後來居然成為學校女生哈到不行的籃球校隊，更不可思議的是這支隊伍裡的成員全都是像我這種發黑的癌症末期壞細胞！

話說當時本校校長創行一種離譜到只有電影情節中才會出現的專案，專案名稱叫做「春暉」。這春暉專案是幹嘛用的呢？就是集合全校不服管教的頑劣份子組成籃球隊，咩～用意？用意在於讓我們這些壞份子飼養起來更容易，管理起來更輕鬆，且又可以讓我們發洩熊一般的恐怖精力！於是一狗票穿著中華牌緊身校服的「七頭郎」就開始土法煉鋼的打起籃球來了！（中華牌就是中華路訂做的叭哩叭哩校服啦～）

每天早上拖著個空書包，帶著渾身燒也燒不完的精力，從早自習一直練球練

誰～誰還想防守我呀～

請你把腿還給我呀～

小兄弟～你實在太酷了！請接受本報專訪好嗎？

到中午11點，再上個一節課吃個便當，小睡一下又可以繼續練球練到放學。難道說都沒有課業上的壓力嗎？有喔！教練規定每次月考各科成績不得低於60分，每少一分籐條就抽大腿一下！一個月考下來3～50下是跑不掉的。

雖然說課業方面不如別人，但出人意料的是每次比賽都有令人意外的結果發生，而上報也是常有的事情。什麼？妳不相信國中生打個籃球也可以上報！拜託呦～我們打到連裁判都差點也被打下去了當然上報啦！後來這個春暉專案就遭到勒令解散。還好因為某隊友的家長強烈要求校方收回成命，否則我恐怕連國中都無法畢業囉……（唉，沒辦法！比賽是我們唯一可以功過相抵的機會……）

病變少年的龍舟夢

校方看我們越來越搖擺囂張，便開始利用各種機會來消磨我們旺盛的精力。一下子要我們去跑越野賽，一下子又叫我們去拔河、丟鉛球。最離譜的是那張貼在佈告欄的公告：「本校籃球隊將代表本區參加端午龍舟錦標賽，即日起開始密集練習！不得有誤！」

有沒有搞錯呀？要我們這些春風少年兄去淡水河光著膀子划船!?簡直整人嘛……就這樣我們不甘不願地每日往返淡水河練習了三個月，長時間被淡水河的髒水泡到發

臭的我們開始掉頭髮,身上並長出讓人渾身發癢的紅斑!時間一天天過去了,總算熬到正式比賽當天……

先告訴你,我們這一區的參賽隊伍總計14隊,除了我們這隊是國中生外,其餘的都是什麼後備軍人、榮工處等怪獸級團體!我到現在都還記得他們在賽前的那副嘴臉,彷彿只有他們才夠資格划龍舟似

唉呦～我的目珠～

什麼～你說姊姊在那畜生漏接第95球的時候,產下狼狗一隻!?…我…我當舅舅了耶～

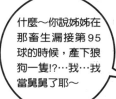

的!喔～拜託柳,誰稀罕划那笑死人的船呀!要不是礙於校規我早就躺在家裡摳著腳皮、吃肉粽了,誰還理你們這些老傢伙呀!

總之端午節當天就在拼命划船,及抓癢止癢中度過了,想不到吧!?最後我們居然得到了第5名耶!一堆大人的眼鏡全都跌破……但就在頒獎典禮開始前我們被其他豬頭對手抗議了!原因呀?呵呵～原因出在我們划船時的口號……我們的口號……是:「╳你╳╳」(基本上咧,屬於問候長輩級的字眼啦～)據其他同學事後告訴我,連主持人包國樑在現場直播的節目中都曾尷尬地表示本隊的加油口號很…很…特別……

自戀青年的健美夢

高中時代開始流行大肌肉男,史特龍及阿諾等磚塊級人物都成了我崇拜的偶像!每次洗澡時看著自己無法堅硬勃起的肌肉,

就開始痛恨父母親沒能將我生得猛一點！某天與同學在痞子逛大街的時候發現到一張健身院的招生海報，當場我就拋下朋友報名去了。

這裡的老闆兼教練是曾得過亞洲冠軍的過氣選手，所以對我的要求異常嚴格！還記得才第一天就被教練操到連撒尿都失去了準頭……第二天則無法拿筆寫字……第三天根本無法上下樓梯……結果經過了一個禮拜這種魔鬼健美訓練法，讓原本屬於青少年的我該有的清晨勃起及夢遺等現象，也都因為體力的過度透支而完全消失了。母親雖未親口告訴我她的支持，但從她每次為我清洗衣物時嘴角不自覺露出的微笑，就已經明白地告訴我她對於健美讓我「停精」的喜悅！

經過日復一日的訓練，總算讓我強壯了起來……硬實的肌肉每堆積一塊在身上，我與偶像的距離就越近……就在我沉醉肉體激長的歡愉時，一個不太妙的消息傳到了我耳裡！教練脫肛了……就在他一舉挺起 70 磅重的大鐵塊時，噗的一聲，他就此失去了舉重物的權利，也失去了自由控制糞便長短的利器……於是他收掉了他的健身院，也收掉了我

的健美先生夢！

知識青年的壘球夢

在中斷運動多年後的我因為經濟壓力的關係，到了一間擁有壘球隊的卡片公司上班。老闆規定公司所有男性員工都得半自費參加球隊，並利用放假時間比賽練習。於是就在公司規章的壓力下開始了我的外野手生涯……

要知道一個好的外野手，接球技巧是非常重要的！因為壘球投手每次投出的那種小便球被打者擊出的機率，絕對大過於你姊姊生下狼狗的機率。但視力不佳的我常常滿場飛奔卻接不到半顆球，而被隊友及老闆唾棄！雖然這

教練～我把那裡練成蓮蓬頭了！

項運動並未讓我得到太多的成就感，但可以在陽光下讓古銅色的肌膚恣意地揮灑著汗水，眞是一件幸福的事！當然，能夠合法用力地踐踏綠油油的草皮而不會被罰款，更是讓我爲之瘋狂！

但就在一個夕陽斜照晚風輕吹的週六傍晚，我擔任了半年的外野手生涯忽然無預警的結束了！一顆逆光飛行的高飛球讓我不得不退出這項男子漢的運動……它……毫不勉強地直接擊中我深情款款的眼眸……我右邊大而明亮的眼眸……與左邊長得一樣還有雙層眼皮的眼眸！唉，眞是「殘念」（日文可惜遺憾的意思啦～）！

現在的我仍鍾情於運動，每天200個仰臥起坐外加各種器材輔助，是我維持如20歲體態的方法。因爲我清楚的知道，就算今生無緣做一個眞正的運動員，至少外表也要能唬唬人！

回顧自己一路走來卻未能有結果的運動夢，就覺得我們這一代眞是可憐，運動員的出路充其量是到某某學校當個不受重視，且待遇少得可憐的體育老師或教練之類的職務。

眞希望教改過後的台灣，能有更好的環境來培育出更多優秀的運動選手！不然老是用進口貨冒充本土特產也不是辦法呀！那種感覺就好像你到美國買貢丸一樣……打死你也不會相信那是代表美國的名產呀！你們說是不是呀～

早跟你說過別學我你偏不聽！看吧～不能控制長短了吧！

@ $ # % & * ? !

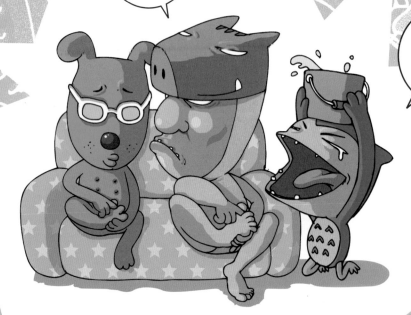

我曾經養過一條在屁眼上方2.5公分處長尾巴的狗，說實在的牠並不能算是條血統純正的狗，充其量只是摻雜了「70爬線」人類基因的雜種犬。但是牠卻改變了我處理人、事、物的態度，更影響了我看這世界的角度。所以每當我奮力撒完黃金條，那雪白的衛生紙滑過我不長尾巴不帶毛的光滑臀部時……我就會想起那隻陪伴我多年也掛點很多年的老母狗……喔嗚～喔嗚！

腿子短短愛嘮叨，隔空捕鳥會討譙

「姜伯」（JUMBO）是我大嫂的嫁妝之一，這隻

求你放了我弟弟吧～下次我絕不會讓牠再亂跑的！

@＃＄％＆

短腿狗在還沒成為陪嫁丫嬛之前的職業是「牧鳥犬」，何謂牧鳥犬咧？就是在養鴿場負責捍衛鴿子的保全人員。牠在這個行業算是箇中翹楚，舉凡公鴿子打架、母鴿子難產、小鴿子走失等都在牠的服務範圍內，牠對這種會飛的東西是有自己一套管理方法的，你若沒有依照牠的處理模式來對待這種專拉稀大便的卵生動物，姜伯可是會給你臉色看的！本人的母親就曾硬生生地被這條短腿老狗給不留情面的數落過。

那是個炎熱的下午，B媽在陽台幫兩隻白文鳥換飼料，突然電話響起，B媽鳥籠也沒關地就進房接起電話開始三姑六婆了，要知道籠內的白文鳥並沒有因為跟著爸爸姓白就真的變白癡！其中一隻眼看機不可失，腳指一蹬、翅膀一振地離開了鳥籠！飛走了嗎？沒有……牠在半空中就被一張帶毛的狗嘴給攔截了！等到B媽再回到陽台上

接過狗嘴裡毫髮未傷的鳥時才發現，這隻老狗正狠狠狠瞪著自己並發出咕嚕咕嚕的訐譙聲⋯⋯天呀，我媽被一隻老狗罵了三分鐘！三分鐘耶⋯⋯要是換做是我跟B媽媽咕嚕咕嚕的鐵定被海K，可是這條狗居然訓了我娘一頓⋯⋯真是沒天理了！

愛看A片更愛笑，膽小如鼠真糟糕

我們都知道咪咪師父會說話⋯⋯但你知道狗也會有喜怒哀樂嗎？你相信狗會看電視嗎？告訴你⋯⋯我家的這隻老狗就會！而且牠不只日有所思⋯⋯牠還會說夢話咧！

話說這條老狗還活著的那幾年，牠最愛看的節目就是DISCOVERY頻道的動物節目。那次的內容好像是介紹跟狗交配有關的什麼東西，知道嗎？牠在色咪咪地笑⋯⋯邊看邊笑！說真的，當時我真的好想咬牠⋯⋯你能了解本人心中的那股怨氣嗎？我只能像個傻子般眼睜睜地看著這條曾因便秘而使用過甘油球浣腸的老

母狗，對著我看不懂的「狗A片」齜牙咧嘴笑！拜託！看就看嘛，還淫笑！

還有一次牠看了獅子獵食羚羊的畫面，當晚就做惡夢了。牠一整晚翻來覆去不斷發出囈語⋯⋯前腳擋，後腿抽的，感覺相當惶恐！我知道牠把自己當成了羚羊⋯⋯但是說真的，也沒必要怕到流眼淚吧？從那次之後牠看到鄰居辣妹牽著鬆獅狗，就像看到鬼一樣的

我警告你，再讓我看到你淫笑，我絕對會把你的舌頭咬掉！

夾著尾巴要我帶牠回家！這是我第二次有想咬牠的念頭！而且是那種咬住後還要左右甩的那種強烈念頭！（害我看不能多看幾眼辣妹，真是氣死人……）

愛放狗屁愛搞怪，到底是人還是狗

由於長期觀賞動物交配的節目，姜伯的道德觀念終於瓦解，牠開始翹家去找對街的一條大黑狗嘿咻了！我相信這絕對是狗A片對牠所造成的影響……

那次牠消失了兩天，兩天後牠渾身疲憊、一臉懺悔地蹲在家門口……要命！我看到的不是一隻，居然是一對狗男女！難道是牠怕被修理，所以不敢單獨回家，硬是拖著那條黑狗陪牠？還是說那條大黑狗想對這件事情負責任？

還有另一件事情不得不提，有人常說「放你的狗臭屁」，狗的屁真的很臭嗎？不瞞你說，真的給牠有夠臭！而且我家的這條不只會放狗臭屁，牠還會放那種溫泉雞蛋屁！

有時在電梯裡巧遇鄰居，而姜伯又恰巧放狗屁……說真的，你們隨便來個誰告訴我，我該怎麼辦？咬牠嗎？

雖然這條老狗已翹辮子多年，但在我心底一直有個這樣的疑問……牠～牠真的是狗嗎？

張律師嗎？請問一下人咬狗大約要判幾年徒刑？

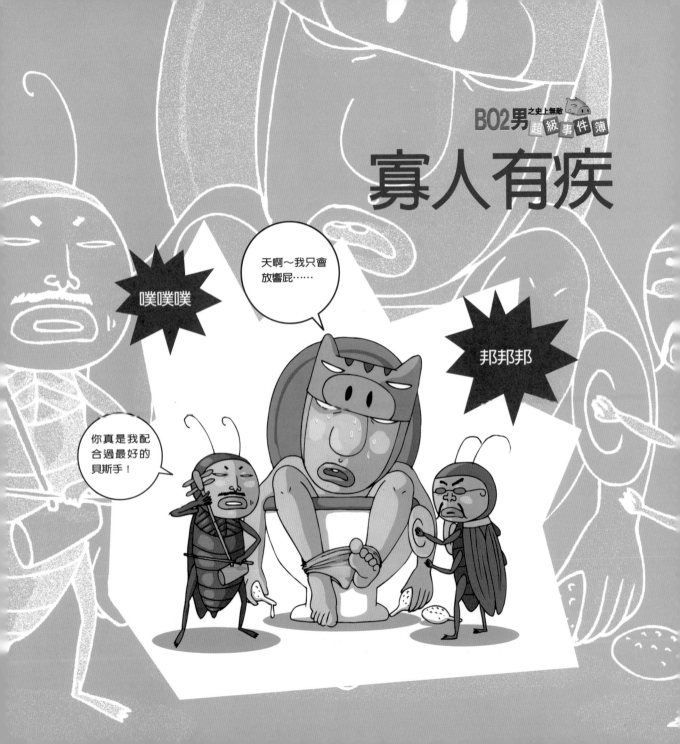

不瞞你說……我常便秘！別笑，這一點也不好笑！因爲這實在是個相當嚴肅的問題。你或許沒有這樣的毛病，但是現在跟你一起看這篇文章的那個誰，還有他旁邊的那個誰跟誰……一定多少都有這種菊花張不開的隱疾！其實這也不是什麼沒藥醫的絕症……只是這種隨身帶著一堆過期大便的痛苦，絕非那些沒事菊花開得比向日葵還大的正常人所能體會……

塑膠扇子鐵湯匙，只恨沒有吸塵器

唉～我從6歲以後就有這樣的毛病，甚至有時還得動用到工具才能挖出點東西。這眞是相當可怕的經驗，因爲我老爸每次找來的「雞絲頭」（就是工具的台語啦）通常都會出點問題！

就說我8歲那年好了，那次我在廁所怎麼屙就是屙不出來，彷彿我的巧克力乖乖橫躺在大腸頭附近，我想它一定是卡住了。你怎麼想也想不到吧？我老爸居然拿了把塑膠扇子來救我……要知道扇子這種東西的功能超多，例如楚留香拿它來防身、公園裡的阿婆拿它來跳舞、隔壁老王拿它來煽屁……但萬萬沒想到我的老爸拿它的塑膠柄來挖我那「硬顆顆」的巧克力冰激淋！「放輕鬆～放輕鬆！」

阿爸～你拔錯了！那是我的藍鳥啦～

奇怪～斷掉的扇子柄為何變成了藍鳥？

B爸爸用那看似熟練的手法要我放開胸懷接受治療……請務必相信,當時我的菊花絕對放得夠鬆了,只是那塑膠扇子的柄實在是脆弱得可以!突然「喀嚓」的一聲～我老爸就說他要去找老虎鉗……哇哩咧……扇子柄斷了!而且是斷在裡面!

天哪～我的屁聲會不會因此而變成「嗶嗶」或「啾啾」咧?這……這要我以後如何見人!(後來我老爸改用我老媽做糕點時用的那種一整串的量匙,「有擋頭」是我給這種工具的評語,因為它的材質是金屬……而且一大串量匙中總有一種尺寸是合用的!)

瀉藥用完換甘油,最後還是光放屁

你們一定以為我長大後就會擺脫這見不得人的宿疾對吧?相當遺憾……我讓各位失望了!我始終拉不出漫畫中那種霜淇淋形狀的便便,每次蹲馬桶總要個把鐘頭才能勉強擠出幾粒浮在水面的高爾夫。

> 拜託啦!再溝卡啦!我有一些感覺了說!

蹲太久腿會不會麻?さ～你內行!蹲太久可是會像歐巴桑一樣雙腿長靜脈瘤喔!於是我試著吃瀉藥來縮短練功時間。怪怪!那股噴射的勁道往往弄得我必須在上完廁所後,用大量清水洗整個小屁屁!後來我改用「甘油球」這種好東西來減緩我的痛苦。一開始這玩意兒是有那麼點效果,尤其當你一鼓作氣,喉頭與大腸頭同時發出劇烈聲響時,你會深深愛上這日本A片裡常用的東西!但俗話說「好花不常開,好屎不常來」,這種透明的神奇液體到最後也發揮不了什麼作用了,頂多就是撇幾個響屁要我下回繼續努力。

球瓶鰻魚刮痧棒～再塞一支大哥機

最後經過醫師聯合會診證明我得了「大腸頭失憶症」,簡單說就是因為太久沒運動所以大腸忘記怎麼蠕動。這……這真是狗屁!我天生就有一副相當好的狗公腰,而且我也經常讓它用相當大的幅度做激烈且持久的震盪呀!唉～我到底該如何讓大腸頭喚回它6歲以前的那段美好記憶呢?

翻翻報紙赫然發現原來跟我一樣苦惱的人還真多,從塞保齡球瓶、塞鰻魚、塞刮痧棒到

最厲害的冷光8850……天哪!我怎麼沒想到咧～這真是相當有創意!先利用8850的震動響鈴將條狀的士力架巧克力震碎,再讓鰻魚將帶著玉米花生粒的便便啃乾淨,久而久之大腸頭自然就會想起兒時的那段甜蜜了!

闔上報紙,不自覺地握緊了手中的8850!喂阿醜喔,我找阿蠅啦!阿蠅喔,哇B哥啦!幫我留一尾卡勇A鱸鰻……聽清尺喔!是鱸鰻不是牙齒尖尖的海鰻喔……

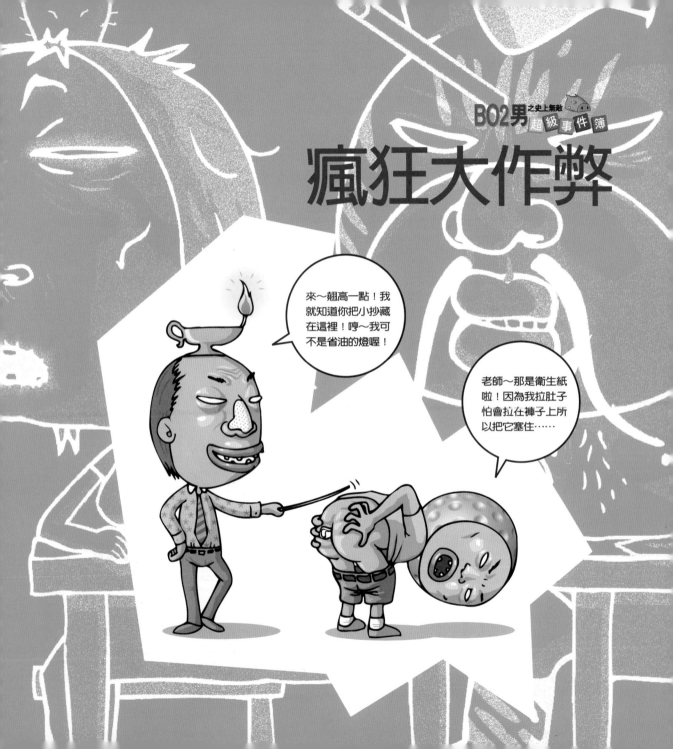

我的學生時代過得很精采，絲毫感受不到任何考試的壓力。所以每次看到升學班那些早出晚歸、滿臉「條阿濟」的書呆子，我就會很想拿我頭頂上的問號K醒他們，問個清楚到底為什麼？為什麼這些猛啃書的呆驢子要讓大小考試主宰自己的青春？他們為什麼不去玩？為什麼不去呸車、把馬子……？你……你說為了學業？哇哩咧～哥哥我雖不愛唸書但還不是照樣能靠作弊畢業！什麼！說我唬爛？你居然敢小看本人在「作弊」這門民間傳統技藝領域裡的造詣？我看你這個搞不清楚狀況的巴西華僑，大概很久沒回國了！

　　本人求學階段讀的是C段班，當時我才懶得管什麼月考、期中考還是巴西烏龜模擬考，考試對我們這些只會放牛的猴孩子來說充其量不過是個提供磨練作弊技巧，與培養結夥犯罪默契的制度罷了！ㄟˊ～別以為我們只會用轉轉原子筆，或丟丟橡皮擦打暗號這種學齡前兒童就該會的把戲對付考試

喔！為了要讓自己開開心心、順順利利的完成學業，我跟我的「馬己」們（馬己是台語啦，就是很合得來的死黨好友啦～）可是研究出許多經典招數來對抗監考老師的呦！相信嗎？雖然偶爾會失敗，但這些我們當初攪盡腦汁所研發的特殊技能，有些到現在都還在流傳咧！

自古誰不做小抄？論及道行我最高

做小抄誰不會？就連咱們歷任的大頭目上台講話都還得靠它才能發得了聲咧！但話說回來，若是在聯考時帶著這可愛的小紙片被瞧到，那可是得回家活生生吃一整年大便的耶！怎麼辦？難道就這樣任憑考試制度的宰割？哼，沒這麼容易！

遙想當年我與我的「馬己」大額頭同學就這樣聰明乖巧地從糖果紙

得到了一個既能當狀元，又能湮滅證據的靈感喔。糯米紙這種只溶你口不溶你腳的東西，你知道嗎？嘿嘿～我在考試的前幾天親自下廚煮糯米稀飯（當時我媽還以為我浪子回頭，一直跪在神桌前嘰哩咕嚕的感謝觀世音咧～呵呵！）等濃濃的稀飯煮好後，將上層形成薄膜的部分取下冷卻，再灑上痱子粉就

成了做小抄的最佳材料。（切記，一定得用糯米，否則字還沒寫就已經碎掉了）隔了幾天這半透明的小抄就派上用場了。依稀記得當時我抄得正過癮呢，不料後腦勺有著一層層豬頭皮的監考老師面露奸笑地往我這兒走來，你能想像那種老屁股被戴

綠帽的嘴臉嗎？他彷彿抓姦似地想過來宣判我出局。只見我不疾不徐地故意用手掩著嘴打了一個噴嚏，黏黏的口水與鼻涕在第一時間裡將這特製的小抄給毀屍滅跡了！他抖著後腦勺的豬頭皮激動地抓著我的手用濃濃的鄉音吶喊：「小抄咧？你藏在哪裡？馬裡個頭～這個黏不拉嘰的是什麼東西？」呵呵，報告老師，小抄就黏在你我的手裡！！

寬邊眼鏡加白膠，抓得到我隨便你

另一種不易留下證據的作弊法就簡單多了，白膠你用過吧？

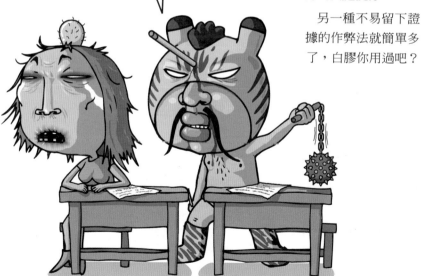

馬的～別人轉筆是用來猜題……那你是怎樣？把我當成夜市裡的汽球嗎？

塗在手上等它乾掉後就可以輕鬆撕起一層透明的皮來！沒錯，這是我們小時候都玩過的無聊遊戲，但是用在作弊時可是妙用無窮、威力無比呀！

我的好哥們「鐵雞扒」就在某次期末考中做了一次相當完美的示範。他先將平時戴的金邊眼鏡換成了阿比阿弟耍白痴時常戴的那種寬邊黑眼鏡，再將白膠塗在寬寬的鏡架上及雙手的指縫中，等白膠乾了後就在這些部位

進行「刻鋼板」的動作（刻鋼板就是在物體上頭寫小字的意思啦……）。當天考試開始沒多久鐵雞扒就很衰地被盯上了！（要知道能夠當上監考老師的傢伙一定不是個省油的燈）這個浪費油的老師開始從講台移動，彷彿一隻大貓鎖定獵物般地慢慢逼近，只見鐵雞扒慢條斯理地將眼鏡上的白膠緩緩撕起，雙手搓揉一番後又安穩

人家餓了嘛～

告訴你多少次～是糯米稀飯不是綠豆稀飯～真是白癡！

地放進鼻孔裡狠狠挖了挖。結果那個吃油很凶的中油代表杆在他的桌前不解地看著滿桌子的小黑球,兩手各捏起一粒狐疑的問:「我明明看到你在作弊!說,這黑黑的是什麼東西?」鐵雞扒很誠實地說:「報告老師,你右手捏的是白膠,左手捏的是…是…鼻屎……」喔呵呵!你沒看到那傢伙氣得想把手截肢的樣子,眞是惹人憐愛呢!

天眼神通需鍛鍊,否則凸搥要人命

雖然偷瞄也是一種可以在被逮捕時死不認帳的作弊好方法,但是如果一個不小心也是可能會考出那種笑死人的分數出來!記得是我高中的畢業考吧,英文很屌的「油飯手」坐在我前座將考卷放下來罩我。怪怪!一目了然,一清二楚(當然清楚,全都是選擇題咩~)第一題3、第二題1、第三題…第四題…嘿嘿!爲了不讓老師發現我的答案跟油飯手一樣,我特地將最後幾題的答案亂寫,反正這下沒有90也有個80分吧!過了幾天成績公佈出來,油飯手86分,那你們猜我幾分?80分?不~2分……我得了一個本校創校以來的最低分!天哪~到底是哪兒出了問題?結果兩張考卷比對了一番才知道,哥哥我除了第一題以外其餘的全錯,爲什麼?因爲我跳過了第二題,所以整張考卷牛頭對不到馬屁股!就因爲這2分,我到現在還成爲同學的笑柄!

什麼,我後來怎麼畢業的?哼哼,補考時我直接跟旁邊的傢伙換考卷,怎樣?來咬我呀!

蟲蟲危機

臭蜘蛛～走開啦！我有七桃人拖鞋喔～你不要過來哦！我跟我媽說喔～媽～～救命呀！

喂～白痴！那是螃蟹啦！我才是蜘蛛，俗話說得好：欠盤還盤，快還我胎盤來！

坦白告訴我，你怕昆蟲嗎？蝦米～怕丟臉要我先說？好，不瞞你說……我嚐過太多跟蟲子有關的苦頭，所以我怕死這些頭頂長鬍、腳底長毛的壞東西了！什麼～不明白這些蟲子究竟讓我這個鋼鐵男子吃過什麼樣的苦頭？唉！你把這篇血淚史看完就會徹底明瞭，盤據在我內心的恐懼到底有多嚴重了。來吧！就讓我們一起來看看這種大力踩下去會噴汁，還會發出喀吱聲的傢伙有多恐怖吧！

少男殺手換人當，無敵飛天「大蟑螂」

你認識小強嗎？就是身上披著巧克力色澤外衣，脖子上繫著黃色絲巾的醜陋生物！你千萬別小看它喔，這個跟雞懶蛋差不多大小的蟲子可是我這輩子最大的惡夢！

記得有一年夏天

雨柔～無論如何我們是沒辦法再打下去啦～我掛了！雨柔～雨柔～

我與眾多女同事一起加班趕稿子，正巧公司的冷氣故障，所以我便把倉庫裡的那台大電扇給搬進了辦公室裡散熱。正當所有人汗流浹背努力工作時，小強搖頭晃腦的出現了！

根據它豐盈肥滿的體態，我初步判斷這是一隻會飛的美洲大蟑螂！果不期然，這個從美國來的小強在資料櫃上開始暖身…起跑囉…加速…喔～飛起來了！這時所有的女同事都像看到阿湯哥一樣地尖叫了起來，此時身為唯一男性的我當然必須挺身而出！我看了看四周，拖鞋、電話、美工刀……糟糕，都不適合，能在空中使用的武器實在不多！……等等……電風扇你覺得如

何？攔截面積大且有殺傷力超強的高轉速葉片，這真是太好了！

我齜牙咧嘴地抓起電扇與它展開一場追逐戰，經過你來我往幾個回合下來，小強越飛越慢，它累了，眼看機不可失，我舉起電扇、張大了嘴狠狠地對著它揮過去！「啪滋」一聲，小強被高速旋轉的葉片打了個粉碎，殘破的屍塊及體液霎時濺滿了四周……這下換我尖叫了！我就像白痴大學生看到「蔡壹零」一樣地留著口水哇啦哇啦叫！你問我為什麼尖叫？………為什麼尖叫………為什麼叫………我到底為什麼叫？……都噴進我嘴裡了，能不叫嗎？

嘴唇碰到變香腸，毛蟹的表弟「大喇牙」

一般人看到蜘蛛這種東西，大多會皺皺眉頭，然後拿張衛生紙直接將它捏死。但是我要告訴你們的這種蜘蛛可不是拿張衛生紙就能收服得了的！沒錯，就是「喇牙」！怕了吧？你一定不知道這種體型碩大的八腳怪物到底有多毒！告訴你～在我青春期的時候可是嚐過它的威力咧！

記得當時熟睡的我被一種奇怪的觸感給驚醒……不妙！有什麼東西爬過我的臉龐，是刺客嗎？我先一掌將這不明物體擊退，再一個大翻身迅速地將床頭的檯燈亮起……哇！我的床上有一隻屁股上拖著白色大胎盤的「喇牙」！喔，媽媽咪呀！我是睡在「怕他呀」（PATAYA）的海灘上嗎？這種尺寸根本就是毛蟹嘛！

我當時也顧不得什麼報應輪迴、因果循環，右手抓了「七桃郎拖鞋」就狠狠給

走開～我這輩子永遠不可能跟你們交朋友的！

來嘛～大夥交個朋友搏感情嘛！你怎麼不理人？自閉喔！

它一記（七桃郎拖鞋是一種藍色鞋底白色鞋面的七桃郎專用鞋）！噗滋～當它發出爆漿聲的那一剎那，小弟我就深深地後悔了……數百隻小蜘蛛從那爆裂的胎盤裡竄出，並在我的床上自動成運動隊形散開……天哪～天哪！你一定覺得這很恐怖吧？不，真正恐怖的事情在第二天才出現……我的嘴唇腫得像兩條士林大香腸一樣！瓦恐怖？～架恐怖！

披著盔甲裝可愛，催魂奪命「獨角仙」

我想全世界的人都會覺得獨角仙是種可愛的昆蟲吧!?告訴你們這些無知的地球

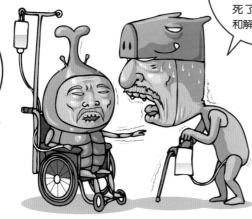

人，錯啦！這種烏漆抹黑又硬梆梆的大塊頭曾經害我差點送命咧！

這慘絕人寰的故事是這樣發生的，深夜的仰德大道你去過嗎？大角度的彎道及良好的路面品質一直都是尬車族的最愛，那年剛滿18歲的我也常騎著愛車跟同學到那兒互尬。就在某個無聊又熱到讓人很想幹壞事的夜晚，大夥催足了油門殺上陽明山去欣賞搖搖車（搖搖車，就是停在幽暗處，四輪不動但車體會前後左右劇烈搖晃的那種車……還滿好看的啦），倒楣的我才騎到半山腰就被一個雞蛋大小的東西迎面擊中而當場昏迷摔車，同行的人看我突然摔車立刻將滿臉鮮血的我扶到路邊休息等待救援。

慢慢地，我恢復了知覺…痛呀！臉頰上的劇痛讓我懷疑，我是否被磚塊打到了，同學們用機車的大燈幫我照了照……你猜你臉頰上插著一隻什麼怪物？沒錯，就是那隻還在努力掙扎，想把插在我臉上的那根角拔出來的奪命獨角仙！

我永遠都忘不了那一夜，我忘不了急診室裡圍觀者戲謔嘲笑的眼神……我從那天起失去了深夜看搖搖車的勇氣…都是獨角仙害的……我恨你！！

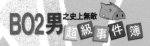

危險的游泳池

各位讀者請注意～下水前請一定要先暖身喔！

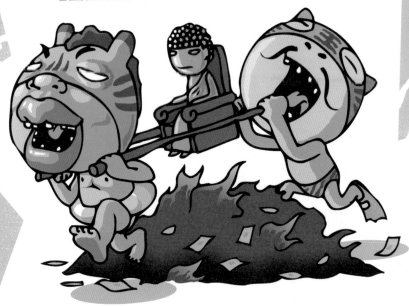

我超愛游泳，但卻從小就怕去人多的游泳池游泳。你笑什麼？ㄟ……我可不是因為不會游泳怕丟臉喔！對於游泳這種活動我可是有兩下子的耶！真正的原因是因為我對於池子裡的水及救生人員沒信心……

你說水裡有加消毒水，而且救生員都有經過專業訓練？呵呵！你說得是沒錯，但是這世上總是有許多狀況外的事情悄悄地在上演……

超級大獎容易中，黃金萬兩游就送

還記得很久很久以前某個夏天的某一天，B爸帶著我跟我哥到一家位於劍潭附近的游

泳池消暑，因為年紀的關係我們兄弟倆只能跟一堆流著鼻涕的小朋友、光著屁股小嬰兒擠在空間有限的兒童池裡大眼瞪小眼！

我還記得我當時跟哥哥在玩潛水閉氣的蠢遊戲，當我第一次把頭抬出水面換氣……嗯，好多小朋友喔！第二次把頭抬出水面換氣……嗯，還是好多小朋友喔！第三次…第四次…等到第五次把頭抬出水面換氣時，突然發現……喂！大夥怎麼突然跑光啦？怪怪～那種像逃難的場面只有中日戰爭的黑白紀錄片裡才會出現哩！

正當我暗爽可以獨自享用這整整一池水的時候，有個東西漂過來了…它漂過來了……是灑滿巧克力的香蕉船嗎？不，是它的表弟……一條表面帶著裂縫及玉米粒的「嗯嗯船」從我面前載沉載浮地漂了過去……天哪！我居然像坨用過的衛生紙一樣泡在這池大便水裡～嗚～怎樣會這樣咧！

少囉唆！我怎麼知道寫出來以後會有這種規定？

我又沒這種習慣，幹嘛要我提著尿袋游泳……

團結力量大又猛，一洼清水變鹹粥

你說那是兒童池才會發生的噁心狀況？來，我現在就告訴你成人池裡不為人知的秘密吧！你注意過身旁陌生泳客臉上的表情及水溫的變化嗎？這種細微變化的「套裝過程」一般來說是這樣的：1.突然停止所有動作，面部表情呆滯；2.全身僵硬約7～8秒後出現莫名的抖動；3.拼命打水濺起水花；並迅速離開此水域……這是在幹嘛？告訴你這個華僑，是在撒尿啦！

或許你會天真的以為，那只是極少數膀胱無力的人才會那麼做，中獎的機率低到像你老婆生下隔壁老王的兒子一樣低……錯啦！我告訴你，我曾在「很多神仙的那個水上樂園」做過一個準確度極高的統計。那次我跟同學一共十個人在漂流池裡嬉戲，我悄悄地遵行上述的撒尿三步驟，將我身上那一泡淡黃色的液體用肉做的排水管釋放出來……過沒多久我就聽到旁邊的情侶在對話，女生：「我覺得這一帶的水溫溫的，味道也有些奇怪，就是有種說不出來卻又很熟悉的味道！」男生：「可能是因為這裡靠海，所以水質比較不一樣！」在一旁故做鎮定的我張嘴伸舌地嚐了嚐，嗯

……還真有點鹹味耶！

呵呵！到了中午大夥上岸準備休息吃飯時，我洋洋得意地把剛剛這件事情跟同學詳述一番，結果，我只聽到大夥你一句我一句的說：「我也有撒耶！」「我還撒兩泡咧！」

經過統計若連我算在內，這10個人裡面就有5個尿急的人在不同的時段、相同的池子裡瀉出一股股的暖流！

真沒想到有此習慣的人這麼多！按照這個比例算起來這個池子裡若裝了100個人，那這池水至少就有50個傢伙在裡面加過味……

……這實在是太噁心了！嗯～嘔～（我想吐的原因不

少囉唆～你看現在不是挺好的嗎？閒雜人等都不見了！

喂～我們這樣會不會太噁心太過分呀？

是因為撇尿人數的比例,而是我喝下的那一口……難怪味道那麼重!)

救生人員很辛苦,被救的人更痛苦

你知道台北近郊有一間老牌電影公司開的泳池嗎?那裡算是個很不錯的地方。池水夠深,人又不多,環境乾淨、衛生,還有很多女生穿很小的泳裝張開大腿游蛙式!我學生時代常去那裡餵我的眼睛吃「冰激淋」,但是後來發生了一件事情我就再也沒去過了!

事情是這樣的,當時我與我的同學「鐵雞扒」潛在水裡苦練水上芭蕾(就知道你會這樣問,我才沒有娘娘腔咧!跳水上芭蕾只是為

少來這一套～我才不會再上當!他們是在跳水中芭蕾對不對?被我揭穿了吧!

求求你～救救他們吧!他們快翹辮子啦!

了掩人耳目,我們是在看水下白嫩的蛙腿啦),就這麼跳著跳著,鐵雞扒突然想上廁所,於是就先上岸去了。此時被同伴拋棄的我依然認真的將頭潛在水底,並舞動著露在水面的柔軟四肢。就在我將頭探出水面換氣那一剎那,喔……一記老拳結結實實地落在我的腦殼上!還沒換到氣的我頓時感到有烏鴉在頭頂繞圈圈,我暈頭轉向地沉入水裡,連著喝了好幾口水後二度浮出水面……喔～又是一記拐子打在我的臉上……

誰?是誰!?居然敢打我?@#$%&鏘鏘鏘……就這樣我跟這個瘋子在三米深的水裡扭打了起來。等到旁人將我們拉開時,我跟他的鼻子都像麥當勞的可樂機一樣自動流出鼻血,我指著他的鼻子問他為何打我?結果他的答案居然是:「我看你快淹死了,一直在掙扎才去救你耶～搞什麼東西啊!」

拜託,我在跳舞耶!就算真是要救我,那為何又要打我?雞同鴨講了半天我才搞清楚,原來這傢伙是個誤以為我溺水的菜鳥救生員,因為怕被我纏住拖下水,所以想先把我打昏再拖上岸!這……這……這實在太離譜啦!

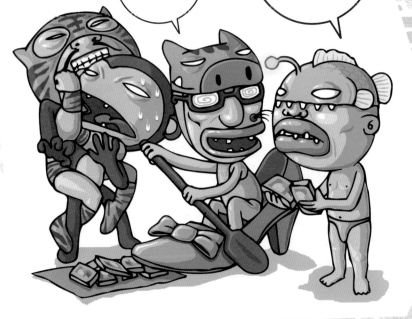

在我遙遠的那個學生時代裡，打工可是件相當具有教育意義的大條事。為什麼？因為這代表家境清寒的你努力向學又能幫助家計，所以這種半工半讀的偉大情操，在當時可是像為國捐軀一樣的神聖咧！

那多年後的現在咧？告訴你，一切都變了啦！不信你去問問時下的年輕人對打工這兩個字有什麼看法，我保證這些猴孩子給你的答案十之八九都是這樣：「看法？就無聊好玩賺點錢花花嘛，哪還要有什麼看法？你說以前打工像為國捐軀……搭你麻好了～我還打手槍咧～中猴！」

你看看這些小王八蛋說那什麼鬼話！又要輕鬆又要錢多，這家做不爽就換別家幹！幹嘛呀～你以為在打電動呀？一點敬業精神都沒有！看看B哥我的經驗，再自己回去好好反省一下吧！

透早起床賣豆漿，呼來喚去像丫嬛

你相信嗎？十四歲那年我曾賣過豆漿……不不不！不是那種「一滴精、十滴血」的那種豆漿，是早餐店裡的那種啦！當時因為家裡環境的關係，所以我決定趁暑假去打工減輕家裡的負擔。

但是我的年紀實在是有夠給他幼齒，找來找去最後只有學校旁的「黑心肝豆漿店」願意以極低的代價僱用我這個童工。當時心想：「錢雖然少，但是端端盤子、刷刷鍋子還管頓飯吃，倒也不壞

瑪麗亞～你不去幹活躺在這裡幹嘛？難道又想偽裝成鍋子，要我幫你洗澡嗎？你當我是白痴呀！

嘛！」

　誰知道上了工之後才發現我找的這一份頭路跟「勞改」差不多，為什麼這麼說呢？因為每天一大早，天上那條魚還沒把白色的肚子翻過來，我就得從新店搭第一班公車到植物園旁的早餐店上工，包飯糰、煎蛋餅、端豆漿、收碗盤、刷鍋子……一直得忙到下午3點才能休息吃中飯。或許你會說：「騙肖耶～在餐廳打工攏麻是安捏呀？這哪有很屌傲？」沒什麼好屌傲？光拿刷鍋子這件事來說，就夠讓你流下兩行眼淚加鼻涕了！

　你看過熬豆漿的那種大鍋嗎？一般來說都是被爐火烤得烏漆抹黑的對不對？那個老闆娘居然要我將鍋子裡裡外外刷到發亮，就連烤燒餅的那口大爐子也不能放過！（我這裡所謂的亮是指像不鏽鋼鍋的那種白閃閃的亮喔！）

　拜託，把我當成砂輪機嗎？這種工作就像我叫你拿塊菜瓜布把黑人洗成白人一樣的離譜嘛！（麥可傑克遜不算，他是用漂的！）因為這項不可能的任務實在太艱難，使得我每天必須被那個爛貨連續臭罵幾小時，就連中午免費供應的那一餐也是吃得我

惡夢連連。

你吃過加了硬梆梆隔夜油條的鹹豆漿吧？你說好吃？不說出來你不信，炸得酥脆的油條裡經常都會有些前一晚就被困在裡面爬出不來的小生物，這……這叫我怎麼吃得下咧？結果我就這樣餓著肚子苦幹實地幹了兩個

> 喔～走錯地方啦～難怪覺得頭很昏～

> 先生～你走錯地方了啦～我們這裡是要500CC的A型血，你要賣這種的請到隔壁啦！

月…領了多少錢？告訴你～6000塊大元！嗚……嗚……一天才一百耶……

超級冷門錄音帶，槓龜槓到想撞牆

沒錯～我也賣過錄音帶！因為之前那次恐怖的打工經驗，讓我覺得走上街頭做點小生意似乎比較適合我，於是找來「虎神」及「粗勇」一起投資。我們賣了各自的BMX（BMX是腳踏車，跟BMW一點關係也沒有！）湊了一筆錢，透過「矮仔猴」他爸的盜版工廠弄了一批錄音帶來擺路邊攤。（別罵我～那個年代可沒有什麼著作權法喔！）

還記得當時我們幾個看到矮仔猴帶來那500捲花了大錢才弄到的錄音帶時，都快抓狂到噴出腸液了！相信嗎？全都是剛出道的陳一郎「行船人的愛」……矮仔猴當時還一副押對寶地說：「相信我啦！我爸說那個叫什麼郎的是歌壇新偶像，就快紅得發紫了……」你麻幫幫忙～阿郎是多少年後才紅起來的呀！那個時代至少得長得像洪榮宏那樣才能叫台語歌

壇的偶像耶！矮仔猴這個白痴就算沒聽過這捲錄音帶，也該看看封面上的照片吧？還偶像咧……

結果我們第一天在火車站的天橋上開業就槓龜……第二天被烏龜槓……第三天連烏龜都不來了！我們就在不斷地跟來往行人解釋誰是陳一郎，及他以後會如何如何的紅透半邊天中，幹了整整一個月的無俸給義工。

唉！現在想想，或許多年後阿郎的走紅跟當年我們幾個小毛頭的宣傳有關！只是我們這些義工一點好處也沒沾到！為什麼？因為當初那500捲卡帶，到現在還一捲不少地躺在矮子猴他家的地下室長香菇咧！

血牛賣血很辛苦，補血來粒姑嫂丸

當我考上駕照的那一年，我瘋狂地迷上了吇車，只要到了放學或假日，我的雙手及屁股總是離不開車。因為本人實在是太愛摩托車了，所以不能免俗地在馬路上跟另一台機車擁抱在一起……雖然車迷之間相親相愛是件好事，但這股充滿熱情的力道實在太大，導致被我擁抱的那傢伙給送進了醫院接骨頭！開玩笑，扣掉老爸幫我付的三萬塊醫藥費不算，光修理他那台「偉士霸」就得花上一兩萬耶！這筆錢該去哪裡「腫」咧？我老爸已經因為這件事每天在家練習搥沙包了，我哪還敢再跟他開口呀？還好我的同學雞眼王介紹本人一個好工作——當「血牛」！

ㄟ……你別把這種救人的工作跟賣「豆漿」的精牛混為一談喔！要想靠賣血來賺錢可要有點真本事咧！記得第一次當牛是在榮總的血庫裡，我先填了一大堆的表格資料，然後跟著一群臉色慘白的老前輩拿牌子排隊，等叫到號碼後先抽點血做篩檢，當護

士說一切都OK時才能躺上病床開工。一般人捐血通常都是以250CC為限,但身為一條職業血牛可就不能這麼小家子氣的!沒有抽個500CC你是別想拿到牛奶餅乾及現金的。(當年500CC的A型血可賣三千塊喔!)

有了那次輕鬆賺錢的經驗後,我開始成了血庫的常客。因為醫院規定每人每月只能賣一次血,所以每次去的醫生都會例行性地問我這個月有沒有來過?為了賺錢,我當然說沒有囉!就這樣我每隔兩個禮拜就去報到一次……你問我這個工作做了多久?我告訴你,你可別跟別人說喔……做到我偷吃我老姊的姑嫂丸被他發現才停止!我……我……跟女人血崩一樣的嚴重貧血啦!

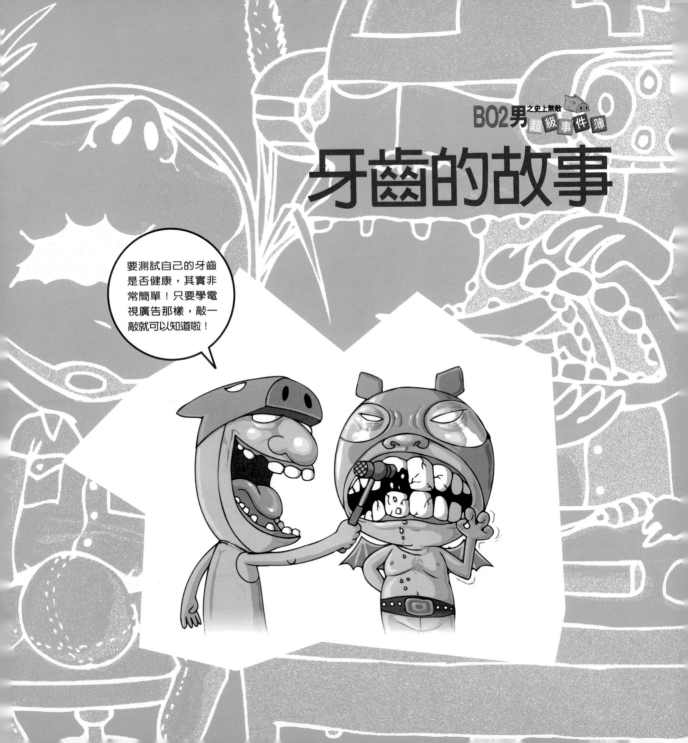

本人一向不注重牙齒的保健，所以從多年前的某個清晨開始，刷牙這種最基本的口腔清潔工作就因為「懶」而減量為每天一次。

唉～這麼多年過去了，那一口老牙雖不再潔白亮麗，倒也還整齊美觀！誰知道前兩天我的牙齒居然開始要老命的抽痛……逼得本人再度踏入我最害怕的牙醫診所治療……也令我想起一些跟牙齒有關的回憶……

劃道口子拔牙齒，棉線縫合臭難擋

很多很多年前，我有了第一次恐怖的拔牙經驗。當時不知是醫生的技術太爛，還是我的牙太難拔，那個來自蒙古的傢伙，又是槌子又是鉗子的搞了兩鐘頭才拔下我那顆智齒！怪怪，那種漫長的椎心刺骨之痛實在讓人難以忘記這個蒙古大夫的醫術……

你看過醫生邊拔牙，還會邊用手打病人耳光嗎？這個白痴醫生就是這樣對待我的！事發當時他曾表示：「打你是為了看看你有沒有因為拔牙太痛而休克……」難道打我的臉頰就不會痛到休克嗎？就算非打不可也請適可而止，你一

直打到底是什麼意思？

就這樣邊打邊拔的經過了一個鐘頭，他～失敗了！那顆大爛牙依舊昂然挺立，這該怎麼辦咧？只見這老小子順手拿起一把手術刀便往我的牙床上狠狠地劃了一個口子～哇～來硬的了！又再經過了一個小時的浴血奮戰，這顆牙總算脫離母體……我解脫了嗎？不～我下地獄了。這傢伙居然在拔完牙後用廉價的棉線來縫合我牙床上的傷口!?要知道像棉線這種用棉做的線吸了口水是會發臭

打我臉是為了看我有沒有休克？那我倒要看看你這樣會不會休克！

的耶！

結果從那天起到拆線，整整兩個禮拜，我的嘴裡好像塞了隻腐爛發臭的死老鼠，那種味道連自己聞了都想吐咧！害我現在看到普通的棉線都還會反胃！

日正當頭拆城門，小心鮮血流成河

相信很多人都聽說過中午拔牙的危險，我現在就要跟各位報告一個血淋淋的案例，這件血案是發生於多年前本人受新兵菜鳥訓練的某個中午。我的鄰兵「大隻」跟我透露了一個相當瘋狂的想法：「B同志，下午的500公尺越野障礙會很操！我聽別連的說，只要去拔顆牙就可以掛病號免出操耶！你要不要跟我一起去軍醫那兒拔兩顆？」只是為了能在訓練時掛病號偷懶摸魚，就隨隨便便地把跟隨自己幾十年的牙拔掉？那直接跳樓豈不是比較快嗎？真是神經病，要去你自己去！他見我不感興趣，便獨自利用午休時間上醫務室找醫官拔牙。

過了一個多鐘頭，大隻回來了。臉色慘白卻又洋洋得意的大隻，嘴裡咬著棉花紗布，口齒不清咿咿喔喔地告訴我他拔掉了一顆臼齒，這兩天可以幸福地睡到翻肚不必出操囉！得到幸福的大隻從這一刻開始就以病號的身分，面帶微笑地躺在床上睡大頭覺……一直睡……不吃飯的一直睡……沒有醒過來的一直睡……睡到所有阿兵哥要上床就寢時，這個曾替各位捍衛國土兩年的白癡阿兵哥才被救醒！

開玩笑，兇殺案的血腥場面都沒這個霹靂！當時的情形差不多就是這樣：睡在上鋪的大隻因為睡得太熟而未將嘴裡的止血紗布咬緊，導致尚未癒合的傷口開始無限續杯似地流出汨汨的深紅色液體，這些加上糯米蒸煮就可以做成豬血糕的液體，沿著嘴角經過枕頭、床板，慢慢地在床沿凝固形成鐘乳石狀的血柱……正在夢裡的大隻則因失血過多陷入昏迷，口腔裡慢慢凝固的豬血糕塞住氣管讓他無法呼吸……嘔～無法呼吸…嘔～無法呼吸…嘔～這段跟牙齒有關的回憶實在太噁心……我寫不下去了！

嫂子不過缺顆牙，二爺何苦不抬頭

聽完以上血腥的拔牙故事，各位是否感覺有些喘不過氣來？別這樣嘛～放輕鬆點！讓我再說個比較激情一點的真實故事來轉換一下這緊張的氣氛……

話說B哥有一個同學叫「薇薇夫人」，這個有點怪怪的夫人與一個正常的男人結髮已經非常非常多年，且不小

心育有二女。各位～要知道呀！根據調查數據顯示：「與同一個老婆結婚多年的正常男人，他的性能力是會隨著年齡的增長而快速衰退的……」不巧，夫人的男人就是一個正常的男人！這…這…這可怎麼是好呢？蠻橫的夫人可是會拿茄子出氣的，這怎麼對得起茄子的爸媽咧？就在大夥為了茄子的安危傷腦筋的時候……乀ㄟ這個正常男人找到了一帖生猛的偏方──生吞牛肉！呼呼～這個快要報廢的正常男人只要吞下幾片生牛肉，要不了多久就會虎虎

生風地挺直腰桿、強硬的不得了喔！

這天，男人特意刮了鬍子、噴了古龍水、扒光了身上的衣服再走到夫人面前狠狠吃了幾片生牛肉，時間一分一秒地過去了……喔～男人感覺好像有一股春天的氣息由頭到腳，從裡到外不停地在身上亂竄！喔～啊～喔…＠＃％＆…接下來發生的事情想必大夥都很清楚，那我就不再贅述。總之一陣鏗鏗鏘鏘的廝殺之後，滿臉潮紅、牙齒緊咬嘴唇的夫人突然潰堤，就在她崩潰的那一剎那……夫人抓緊了男人的背脊，張開了嘴大喊了一聲：「勇…勇士！我～我走先～」

這位夫人的嘴一張開，時間彷彿靜止……接著這位勇士的牛肉神功就在一陣爆笑聲中當場破功！

為何這位突然狂笑的牛肉勇士會變成六點半咧？到底出了什麼問題呢？告訴你吧，還不都是因為夫人的假門牙。這假牙因為年久失修，所以有時會有鬆脫的現象，當夫人突然張開緊咬在嘴唇上的門牙大聲呻吟時，這顆假門牙居然脫離牙床硬生生地嵌在她厚厚的下嘴唇上！天哪～天哪！不管誰看到這個爆笑畫面都會當場軟掉…這…這實在太離譜啦！

這位戰士…‧我已經依照你的要求將牙齒整個拔掉了，你現在可以不用當兵啦！

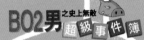

恐怖開學日

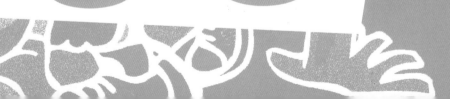

你還記得以前當學生時面臨開學日的種種回憶嗎？我不知道現在的新生還需不需要在開學這天莫名其妙地接受軍事化魔鬼訓練，但是哥哥我在學生時代可是活生生、硬梆梆地被校方蹂躪了好幾次！真是慘痛的回憶啊……

烈日當頭真難熬，姨媽一倒救蒼生

讓我記憶最深的一次開學日，是我剛考上那所位於永和某條巷子裡的「聖誕老人外套美術學校」時，學校舉辦的新生訓練。所謂的新生訓練就是把一堆菜鳥集合起來放在操場中間，一邊聽師長訓話、一邊猛力夾懶蛋（夾懶蛋＝立正，因為立正時兩腿緊緊夾住胯下的鳥蛋而得其別稱），從朝會開始一直要夾到中午吃飯才能休息。這…這真是人間煉獄，你想想看，這些剛從國中畢業的小毛頭，哪有那個能耐像「瑪嘉烈蛋塔」一樣，直挺挺地接受烈日高溫的烘焙咧？

只見台上的教務主任像唱卡拉OK一樣，抓住麥克風不放地呱啦呱啦講一堆連他自己都做不到的青年守則和相關校規……時間一分一秒的被陽光蒸發，台下撐不住的學生開始像「不鏽鋼72烈士」一樣，一個個快速掛掉……吐的吐、倒的倒……還有為數不少的傢伙在倒下時，以鼻樑代替雙手支撐地面而血流滿

不准笑～不准你再笑～

哈哈哈～喔～不能用那個～好燙！哈哈哈好燙～

面！這媲美轟炸珍珠港的壯烈場面從透早8點開始，一直進行到某個站在主任旁邊的傢伙從司令台上摔下來，才提前在11點結束……

是誰？到底是誰這麼好心的從這個高台上跳下來解救眾生咧？是常為了流浪狗請命的柯叔叔嗎？還是苦口婆心勸大家留一盞燈給晚歸家人的孫叔叔呢？不～～～是外號「大姨媽」的女教官！她那幾天正好大姨媽來所以貧血暈眩。大姨媽教官就這麼頭一暈、腳一軟……摔得滿地都是正港大姨媽！唉～開學日…那真是有夠血腥的一天！

服裝儀容要注意，否則下場很淒厲

開學當天通常還會有一個十分重要的戲碼上演——服裝儀容檢查！本人唸國中時，曾經栽在一個叫做「冷血阿強」的訓育組長手上。坦白告訴各位，我不只栽了一次！每次遇到開學日檢查服裝儀容的時候，我就要倒大楣了……就拿頭髮來說好了，A段班的書呆子若頭髮太長不符合台灣教育當局所訂出的「五分頭」學生頭標準，這位沒血沒肉的傢伙頂多溫柔地叫這些滿臉條阿濟的書呆子回去再剪一遍，可是我們這些在C段班放牛的牧童只要長度多一分，就得接

受頭頂開條「高速公路」的酷刑！

哇～這很不人道的耶！在眾目睽睽之下拿把剪狗毛的「電動推剪」，從前額開始一路「嚕」到後腦勺的髮根處結束，好慘的你知道嗎……等等～什麼？你說大聲點！你說高速公路兩旁的頭髮他怎麼不順便剃一剃？很抱歉！你得自己利用下課時間，丟臉地穿過女生班及福利社的重重人牆去找理髮部的阿雀姨善後；如果阿雀姨那天公休的話怎麼辦？怎麼辦……唉！我就碰過一次……

那次我只好翹課去外頭的理髮廳剪，那個禿頭的「剃桃塞」看到我的頭，足足笑了15分鐘才開始幫我理髮……嗚…被笑了15分鐘～可惡！我這輩子居然因為頭髮而被一個禿子嘲笑過15分鐘……從那天開始我就發誓，等我長大一定要留很長、很長的頭髮！

若想入學受教育，請先留下買布財

開學這天還有一件事是絕對不可以遺忘的，就是繳學費！ㄟ／～你別傻傻地以為這種事情可以像信用卡一樣用循環利息來要賴皮！你要搞清楚，學校可不是慈善機關，校方的討債人士追錢追得可兇咧！註冊費、學雜費、班費……缺一不可！而且就算你可憐的老爸好不容

易賣了田把這些費用都給「腫」繳清,學校還會再跟你收一種奇怪的東西——三條抹布!

在我讀國中的那三年,每逢開學日每個學生一定要貢獻三條抹布給學校!那忘了準備的人怎麼辦?放心,平時連便當攤販都不准逗留的學校大門口都開放給專賣抹布的小販!那又如果經過校門時還是忘了買咧?沒關係,學校雖然不接受信用卡,但是可以依照校門口攤販的當日抹布盤價直接收取現金……

你問我學校要這麼多抹布幹嘛?我哪知呀?我也被這個問題困擾了好多年!你算算看,一人3條,一班50個人就有150條,全校有三個年級共90班就有13500條……打掃一間學校一年需要用掉一萬多條抹布嗎?這間學校是被轟炸過,還是蓋在焚化爐旁邊?還有那些忘了帶抹布的人所繳的現金哪去了咧?沒收據、沒發票的……

至於那些大搖大擺地在校門口做買賣的小販,到底跟學校是種什麼樣的關係?誰來告訴我?誰…誰能給我個答案……?

哇～原來校長是…難怪……

喔～還好沒讓學生發現我有這種癖好～每次只要看到這些抹布我就好興奮喔!

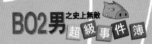

生日快樂

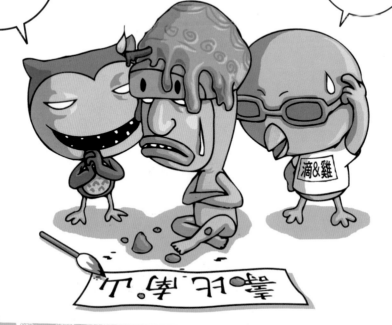

從小到大Ｂ哥哥我慶祝過不少次生日，也收過數不清的生日禮物，但可能因為本人的腦力正在快速衰退中，所以一些有關慶祝生日的美好回憶早就遺忘得差不多！腦袋瓜子裡的記憶大概只剩下這幾次凸槌的生日……

限時好禮很特別，消化不良很受傷

還記得我15歲生日那天，我的馬己「粗勇」特別在放學前傳了張小紙條給我：「放學後速至植物園西側涼亭碰面，有恐怖行動！」天哪～不會吧！在我生日這天約本人去幹架？這…這個行動實在是太吸引我！不去太可惜了～等降完旗一出校門，我就拎著書包往植物園狂奔，心想：「今天是哥哥我15歲生日，我一定要K到那寶貴的第一拳討個吉利！KO～」

等我氣喘喘地跑到了約定的涼亭時，怪怪！石桌上放著一大包麻糬，平日滿臉橫肉的粗勇則散發著一抹祥和之氣杵在桌旁。這……這是怎麼回事？不是要找人狠狠地大幹一場嗎？這時粗勇在那包麻糬的兩邊點起蠟燭，他像拜土地公似地虔誠跟我說了聲：「生日快樂」……

這…這太肉麻了吧！我紅著眼眶收下那一大包白呼呼的禮物邊吃邊激動地說：「你麻卡好咧～大男人搞這套…ㄟ ㄟ…為什麼送我麻糬咧？」粗勇也塞了一嘴麻糬嘰嘰咕咕地告訴我，他原本中午翹課到公館想幫我買份禮物，逛著逛著看到有個麻糬攤子上寫著「3個10元，只有今天！」他覺得買個「只有今天」的東西當禮物別具意義，所以一口氣買了300塊錢！

嘔～為了不讓這份有時效性的禮物過期，我倆硬是活生生地把那一大袋軟趴趴的糯米糰給啃光了。什麼？你說一下子吃那麼多難道腸胃

哈哈哈～這是人的照片嗎？根本是豬嘛！

不會出問題?廢話,隔天我們倆都沒去上課,因為消化不良到掛急診哩!更離譜的是十多年後的現在,公館那家賣麻糬的攤子上居然還是貼著當年的那張「3個10元,只有今天!」的紅紙條!哇咧~耍人嘛!害我活受罪!

金剛玻璃硬殼糕,爛成一團心情糟

相信大家都吃過生日蛋糕,但是你們知道一個蛋糕的品質好壞可是會影響壽星一輩子嗎?像我24歲那年的生日蛋糕就讓我終身難忘。

找清楚的記得當時我解開保麗龍盒子上的彩繩、掀開蓋子……哇,是一個深黑色的12吋巧克力大蛋糕!天哪,上頭居然還用鮮紅色的奶油畫滿了香爐上才會出現的龍鳳圖案!這也太復古了吧!這到底是哪弄來的祭品呀?

B媽這時開口說話了:「阿就想說要換換口味咩,所以就拜託巷口那家糕餅店的『脫湯伯』做囉……你們看,其實他做得還滿漂亮的嘛!中西合併呢!」喔,拜託!其它的西點麵包店都倒閉了嗎?要知道脫

湯伯的糕點舖可是專做發粿、甜粿、紅龜粿、台式喜餅等等食品的「彈弓仔」土工廠耶……如果他會做西點蛋糕,那我拉的屎都能拿來當花生醬夾麵包了!

雖然滿心的不爽,但眼看B媽這麼的用心良苦,我也就不好再挑剔了!熄了燈,唱生日歌,吹蠟燭,切蛋糕……我切…切…怎麼切不動咧!結果用力一使勁,啪的一聲,整個蛋糕就像倒塌的大樓一樣變成了斷崖殘壁……相信嗎?外表那層厚厚的巧克力居然是硬的!蛋糕裡還夾著包月餅用的蛋黃!天哪,這個老闆是白痴還是瘋了!沒拉過屎也該聞

老太婆~妳兒子目前遇到了一點麻煩……

為什麼~為什麼我這個壽星這麼歹命?……這算那門子的雞卵糕嗎~

過屁吧？你看過有誰會用這種硬梆梆的巧克力來做蛋糕呀？唉，回想當時我手上那把變形的塑膠刀，及碎成一堆的黑色硬殼蛋糕……老媽～眞有妳的！

人不輕狂枉少年，吊著車尾學超人

我17歲那年的生日，大概是目前為止過得最特別的一次。那一晚我跟油飯手、鐵雞扒在台大附近的麵攤把錢全花了個精光的喝得爛醉，呼～那可眞是醉得過癮呀！連坐公車回宿舍的錢都沒了咧！哇，該怎麼辦咧？這時臉紅得像衛生棉團的鐵雞扒

嘿嘿～你搞錯了～我們是在報仇啦～

誰叫你平時把我們畫得那麼醜，不趁此機會砸一砸對不起自己！

提了一個相當大膽，卻又極有趣的建議：「吊車尾！」不懂呀？就是跳上公車的後保險桿再徒手抓住車尾的把手搭順風車啦！（當時的公車屁股上都有這種把手設計，通常故障車會在上面插根掃把）

喔耶～這實在太帥了！心動不如全身都動！當場我們就挑了一台開往永和的末班公車跳了上去！因為是末班車，所以一路上司機都沒靠站地狂飆……眞是太爽了！除了電影裡的大鼻子成龍外，誰還能像這樣當街耍帥咧？我們就這樣掛在車尾大聲地唱生日快樂歌，並和所有往來車輛一一揮手致意……一站過去了……哈哈！三站過去了……嘿嘿！我們的宿舍過去了……喔！天哪～過站不停呀！這怎麼辦？「快跳車吧！」我們三個伴隨著殺豬般的慘叫聲，滾落在漆黑的柏油路上……

喔，當然啦！摔了個半死是必然的，但是我們卻心存感激！不是感謝上帝賜我們不死，而是感謝路旁顧檳榔攤的老伯熱烈的掌聲……那啪啦啪啦的聲音是我收過最特別的生日禮物！……眞是超特別！

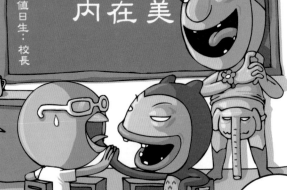
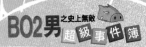

台灣人眞是愛大驚小怪，居然連「男老師可不可以穿短褲？」這種爛拔辣的鳥事，都要召開公聽會！這…這眞是太離譜了！誰來告訴我，一個有教無類、作育英才的夫子，他的外表眞有這麼重要嗎？

男老師穿個短褲涼鞋就要被說成有礙觀瞻、影響學生學習情緒的話，那長得像蜥蜴的老師豈不是要戴安全帽才不會嚇壞學生？拜託喔！像我當年在那個「聖誕老人外套美術學校」裡，就被好幾位酷愛露腿的好老師教過呀！他們暴露的程度比起這位穿短褲的南部老師可是勁爆多了……所以這些人喔～眞是少見多怪！

月眉柳腰松樹腿，還有深層內在美

從上國中開始，英文課就成了我翹課或打瞌睡的時段。沒辦法！因爲本人的大腦只要一接收到這類外國人的語言就會自動發出翹課或冬眠的指令……這種逃避上課的狀況一直到我高一那年遇見了「聖誕美少女老師」，才出現了一些微妙的變化。

我知道你一定會問我，爲什麼給這位英文老師取這種夢幻又富有節慶味道的外號呢？呵呵～因爲相貌姣好、身材曼妙的「聖誕老師」一年到頭都喜歡穿著超短裙露出長腿，而她那雙修長筆直的腿像極了聖誕樹！我知道你會說，形容美腿應該用蓮藕或茭白筍之類的東西來形容才對？喔～你很煩柳！拜託你看完再發問好不好……

話說這個美少女老師的雙腿線條美得勾人是全校師生眾所公認的，可惜的是上

哇～這麼大棵的聖誕樹～快幫我拍張照留念！

來～～～笑一個！

頭長滿了連絲襪也擋不住的粗硬腿毛！相信大家都知道，這種越刮越長的超彈性腿毛一旦竄出網眼就會與尼龍絲襪摩擦產生靜電效應，所以這些微微捲曲的有機腿毛紛紛以45度的斜角懸空站了起來……你們靜下心來盤腿坐在案頭前好好地想一下，這樣的腿是不是很像長滿針葉的聖誕樹？很像吧！

「聖誕老師」當然很清楚自己的腿出了什麼樣的狀況，所以她也很大方地在開學的第一堂英文課時告訴全班同學「人的內在比外在重要」，希望大家不要在意眼睛所看到的這些「外在腿毛」，應該要多注意她那些看不到的「內在智慧毛」！

就這樣，我們這些即將發育完成的男生就在課堂上不斷的冥想她身上那些看不到的內在……不斷的冥想……就因為這種探索內在美的深度冥想，本人也不在課堂上吵鬧及翹課了……老師～真是謝謝您…謝謝您讓我改掉這些壞學生的惡習……

麻辣大腿教學法，讓我認真不留級

相信一定有很多人都認為，建中那個不愛穿胸罩的麻辣女教師的教學方式很新潮！其實這種教學法早在十幾年前我讀高二的國畫課時就已經領教過啦！當年那位辣到會不行的國畫老師總愛在上課時，把同學們集合在講桌周圍看她現場示範表演。

只見她先把長髮盤起來，用毛筆當做髮簪固定在頭上，再把海咪咪前面的鈕子解開，短短的窄裙一拉、馬步一跨的彎著腰當場揮毫……喔～那敞開的領口…結實的大腿…這……這何止是春光乍現，對我們這些鼻血射滿牆的青少年來說這根本就是「貴夫人榨汁機」嘛！甚至還有些鼻血不夠榨的同學抵擋不住強烈的求知慾，把小鏡子這種偷窺裙下風光的無恥道具都拿出來……

你知道當這位「貴夫人老師」的眼角撇到這面黏在鞋子上的小鏡子時說了什麼嗎？她嘟著嘴說：「你們這些小男生很調皮喔～要專心看老師畫嘛！待會兒如果你們畫不出來，下次就不讓你們到前面來看老師示範囉～」喔，喔！所有的同學聽到這番話後，都很努力的用橡皮擦塞住鼻孔保持體力，並把貴夫人所教的國畫技巧牢記在心！不為別的，只為了能畫出一幅讓老師滿意的作品，好讓下一堂課可以繼續觀賞老師的真人表演……

所以我在高二那年沒被學校留級，完

全要感謝「貴夫人老師」的麻辣大腿教學法！若不是因為她，我想國畫這門艱深又枯燥的術科成績，我是鐵定掛點的……

超級短褲包藍鳥，襪子還能救同胞

或許有人會覺得男老師穿短褲涼鞋、配襪子只是為了貪圖涼爽……錯啦！要知道這樣的精簡穿著可是急救傷患時最好的標準服裝呢！

還記得那是唸高三時的某堂雕塑課，因為那天的課程是「石膏模製作」，所以雕塑老師「老高」

穿著小短褲、半統襪、小牛皮涼鞋這樣的工作服來上課。正當大夥照著老高所教的步驟，用鋒利的鑿刀用力撬開石膏模的接縫時，突然傳來一聲殺豬般的慘叫！原來是同組的「大額頭」手滑了一下，凸槌失控的鑿刀便硬生生插在一旁看熱鬧的「阿幹」！命中帶塞的阿幹頓時像鯨魚噴水般的血濺七尺，現場慘不忍睹……要知道那把鋒利的鑿刀切斷的可是一跳一跳的動脈耶！

這該怎麼急救？難道逼他吞石膏讓血凝固嗎？這時只見老高在第一時間將涼鞋一甩，再順勢扯下腳上的半統襪充當止血繃帶緊緊地綁住傷口……

就這樣阿幹保住了一條狗命！所以囉，如果那天老高穿的是皮鞋配長褲，他哪能這麼迅速地脫下襪子？開玩笑！等脫好鞋子，捲好褲管，阿幹早就去蘇州賣鴨蛋啦！

哼～救人一命勝過七級糊塗！看誰以後還敢說短褲涼鞋是無三小路用的裝扮！

校長先生～我覺得很不公平耶！為什麼我們穿短褲就是有礙觀瞻，你就可以穿調整形奶罩？

我…我穿這樣是為了推行男女平等運動…

抗議

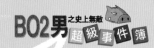

火辣辣的青春賴打

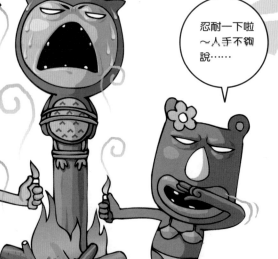

你一定以爲吞火把這種高難度的特技，只有馬戲團裡的小丑才有本事玩對不對？錯啦～其實早在我高中的時候就已經玩到不想玩了啦！

話說當年不知道是劉德華還是梁朝偉演過一部電影，在這部戲裡頭就有一幕是他將千輝賴打上的火苗，活生生吸進嘴裡來吸引女主角注意的耍酷畫面！唉呦！你不知道喔，當時這幕吞火的畫面

眞的是酷到讓人「凍未條」咧！我與我的同學們在看完這部電影後都深深相信，只要學會這招吞火神功，那些含苞待放的小馬子們就一定會瘋狂地愛上我們呢！

青春求愛練神技，生吞烈火我最行

爲了完成這個充滿繽紛色彩的美夢，我們開始積極地拿著賴打苦練。一開始練習時相當痛苦，因爲不是燒到嘴唇就是燙到舌頭……但是爲了得到異性的青睞，我們像是著了魔似地不斷練習。經過了一段時間，這絕世神功居然讓我們這幾個傢伙給練成了！這可不是唬爛喔，我們吃火根本就像吃白菜一樣地輕鬆自然！這下子該可以找個美眉來小試身手了吧？OK！我們開

嘿嘿～年…輕…人…你以前暗戀我呦？

喂～你看清楚一點～這就是你20年前暗戀的對象……

不～我不要看～阿亮～我要找的是這個賴打上的美女！不是歐巴桑～

始試著在公車站牌旁吃火、在速食店裡吃火……反正只要哪裡有美眉，我們就在哪裡吃火！但是說也奇怪，這些胸前長了兩坨軟肉的女人看到我們的搏命演出，居然像看到吃蠟燭的鬼一樣閃得遠遠的！嗯……看樣子一定是火苗不夠大！沒關係，我們把賴打上的小火調成中火，中火不夠看再調成大火！

結果我們吃了一肚子燃燒不完的廢瓦斯，卻半個美眉都沒把到……唉！事後想想真是可惜，當時如果能用水電工用的那種強力瓦斯噴燈來試試看，可能就不會慎龜了……

鍋貼胸貼妙鼻貼，全都難敵美女貼

在我當兵的那兩年，本人服役的那個部隊裡掀起了一股蒐集「美女貼」的旋風！不不不，你不要誤會呀！我們這些大頭兵可不是在垂涎哪個福利社美眉或女軍官的胸貼喔，我們蒐集的可是千輝賴打上面的美女貼紙呢！要知道在那個封閉又枯燥的軍中社會裡，這種小小的泳裝美女貼紙可是比藝工隊的勞軍團更能撫慰軍心呢！所以當時只要在本營區隨便抓一個阿兵哥來檢查，你都可以在他的識別證背面或皮夾子裡，搜出一堆這種從千輝賴打上撕下來的養眼貼紙。

那這些千輝賴打到底打哪兒蒐集來的呢？不說你們不信，除了到便利商店花錢買，或是像老外交換棒球卡那樣的以物易物，其他的貨源就全靠寢室熄燈後所舉辦的「美女貼拍賣會」！每晚只要熄燈號一響，你就可以在黑暗中看到一群久未接觸過女色的飢渴戰士聚集在床前，他們流著口水拿著手電筒爭相出價競標自己心儀卻沒蒐集到的美女貼！而我印象中最難忘的一筆交易就是貼了一張用手指搓一搓，泳裝美女就會把那兩個跟屁股差不多大的咪咪露出來的「熱顯像美女貼紙」賴打，還記得當時是以100元的最高紀錄拍案成交咧！

或許你又會問：「花錢買這些貼紙到底有什麼用咧？」唉！礙於尺度的關係我只能這麼說吧，一般老百姓想那個的時候，可以隨時隨地上成人網站或其他方式找點樂子嘿咻一下，但是可憐的軍人不行呀！所以這些賴打貼紙上的美女就成了阿兵哥的夢中情人啦……唉，相信這些現在已經做阿嬤的賴打泳裝美女作夢都沒想到，原來多年前她們曾經莫名其妙地為一群英勇的國軍弟兄們悄悄地慰安過呢！

速食店裡找樂趣，泡泡紙杯滿天飛

在泡沫紅茶店尚未出現的那個80年代，年輕人最愛混的地方就是當時尚未全面禁煙的速食店了。在當時只要一到放學或假日就可以見到滿坑滿谷的猴孩子像雨後的香菇一樣地黏在裡面的座椅上。你說這些年輕人在浪費生命真是無聊？你馬幫幫忙～你是不曾年輕過嗎？你以為他們真的會跟植物一樣乖乖地坐在那裡嗎？他們當然會找樂子嘛！光是利用速食店裡的紙杯、吸管配合千輝賴打就可以把他們的青春期玩得多采多姿呢！而其中最膾炙人口的玩法當屬「吸管泡泡」了！不懂？沒關係～讓我來教教你們吧！

首先將吸管的一端用賴打烤熱後壓扁封死，再將吸管的中段用小火慢慢烤軟，等到吸管軟化後再慢慢朝吸管裡吹氣就可以吹出一顆顆晶瑩剔透的小氣球……怎樣？很酷吧！

至於另一種玩法就更猛了，先將空的可樂紙杯倒扣在桌邊露個小縫，接著拿賴打朝小縫裡灌瓦斯，等灌得差不多時一點火……轟的一聲！嘿嘿，杯子就會向火箭一樣的飛到半空中！

所以囉，錯過80年代的人真的是很可惜，因為你永遠也無法想像那種紙杯滿天飛的畫面有多感人……（不過咧～在此先提醒各位一點……水火無情啊，還是別拿自己的身家安全作實驗呀～畢竟安全第一囉！）

BO2男之史上無敵 超級事件簿

吃香喝辣好福利

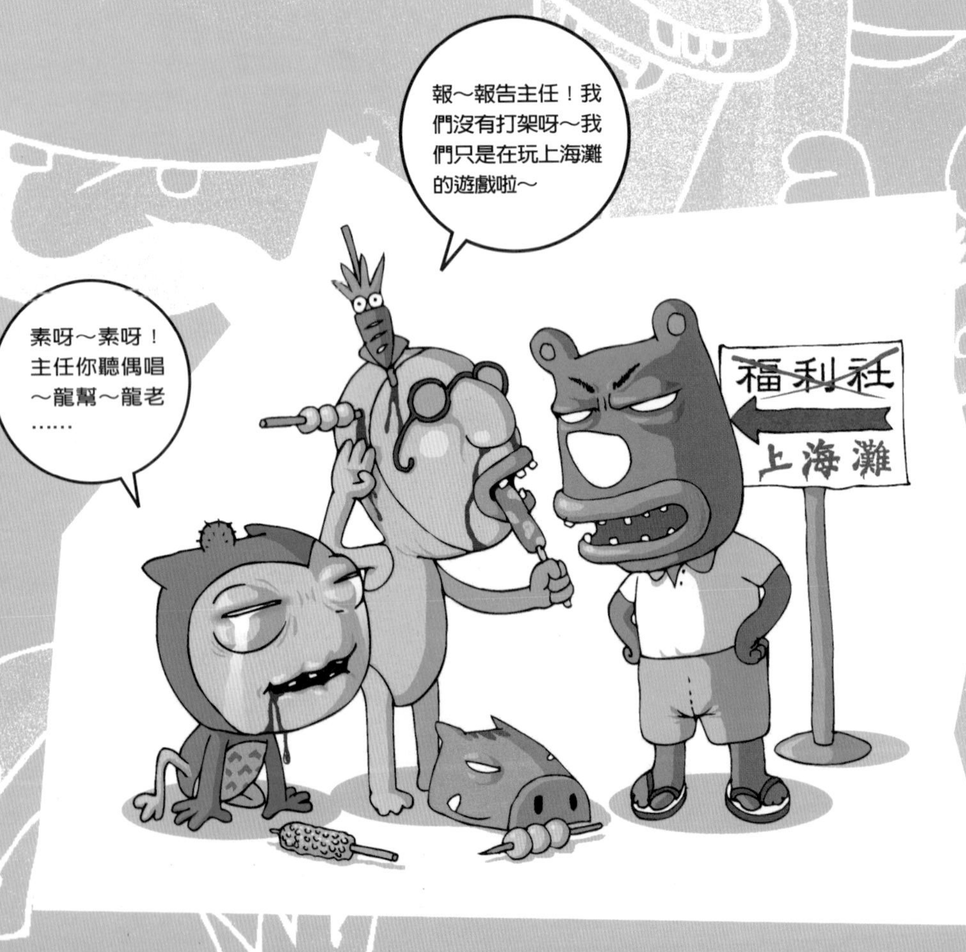

顧名思義，福利社就是一個充滿福利的地方！在這裡你除了可以用很福利的價格買到相對品質的商品，你還可以留下許多甜美的回憶！所以從小到大我最愛逛的地方就是福利社！

什麼？你說我愛逛福利社是個貪便宜的好吃鬼？喔，呵呵呵！我喜歡它倒不全然是因為這裡有廉價商品與俗又大碗的食物，而是因為這個伴隨你我成長的地方實在帶給我們太多甜美的回憶！所以即使是諸事不順、入不敷出的現在，我還是會想盡辦法潛入軍公教福利社去回味一下當年的那種美好喔！

吃喝玩樂樣樣有，合法非法全都包

還記得我唸的那所神話般的國中，當年這所國中的福利社可是堪稱全台灣中學界最具規模的呢！剉冰、麵線、碳烤、炸雞排……反正除了撈金魚跟套圈圈沒有外，夜市裡頭該有的，這裡一樣不少！而這個面積約4～5間教室大小的福利社也跟上海灘租界一樣分成好幾個角頭在管理。（黑幫治校？別開玩笑了，在那個古老的年代黑道還被擋在圍牆外呢！這只是一堆小鬼頭在用自己的方法維護校園的秩序罷了！）還記得當年我們班圍事的地盤正好就是最複雜的後段區域！ㄟ ˊ……你可別小看這塊區域喔，校規所禁止的各種違法勾當，如：抽

不要跑～不要跑～喔～好好玩喔！！

喂～你玩夠了沒？這是福利社的貢丸湯，不是夜市撈金魚的！

魚丸

滴&雞

煙、幹架、甚至跟不認識的同學「借錢」等等壞事，都在這塊充滿汗水與油煙的土地上被我們有效控制的悄悄進行著。

或許你會問：「難道校方不管嗎？」開玩笑，怎麼不管？訓導主任只要一有空就會來這裡巡一巡，所以每次要幹壞事時，我們便馬上啟動那套完善健全的通風報信系統（也就是每隔一段距離派一個線民站崗）只要一發現有師長的蹤影便會以「抓抓頭」的方式來傳遞暗號！因此就算現場打得難分難捨、血流滿面，只要這個抓頭的暗號一出現，雙方人馬便會像玩一、二、三木頭人一樣，很有默契的立刻停止所有動作！呵呵～你能想像那種上一秒才在勒著脖子互毆，下一秒鐘就肩並著肩蹲在牆邊親熱地餵對方吃香腸、喝冬瓜茶的有趣畫面嗎？

哈哈哈！很蠢吧？就算是多年後的現在，只要一想起當年這個十里洋場上所發生的蠢事，仍會不由自主的邊傻笑邊哼著：「龍幫～龍老～龍雷偷偷鋼水……」（＜上海灘＞的粵語主題曲啦！）

小蜜蜂嗡嗡嗡，跟著部隊勤做工

相形比較之下，軍中的福利社就顯得無趣多了！因為這裡既不能胡作非為，東西更是難吃到讓人想逃兵！所以一般的阿兵哥都喜歡趁出操打野外時在營區外的「小蜜蜂」消費。（小蜜蜂是由民間的小貨車改裝成的活動福利社，機動性超強！）這種小蜜蜂福利社不但物美價廉、貨色齊全，有時甚至連大頭兵最哈的Ａ書都會出現咧！（Ａ書是老闆拿來孝敬班長打通關節的啦！）雖然部隊裡明文規定阿兵哥不得於訓練時購買外食，但是拿了業者好處的班長仍會法外開恩的給阿兵哥３分鐘時間購物解饞。要知道幾十個人的部隊要在三分鐘內完成所有購物及進食動作是相當困難的，因此你得快速將鈔票砸向老闆，並在第一時間將搶購到的飲料食品全部吞進肚子裡……喂，這可不是一件簡單的事情喔！曾經就有老闆被銅板砸瞎了眼，及阿兵哥生吞茶葉蛋被活活噎死的紀錄呢！（你知道這個被噎死的衰鬼一次吞了幾顆蛋？４顆！怪怪，不噎死也撐死了！）

在當時還有一種比小蜜蜂更猛的福利社叫「小蟑螂」，經營者大多是身手矯健的男性個體戶，他們不分晴雨的戴著斗笠、揹著裝滿各類商品的包包，以標

準的野戰動作穿梭在部隊裡，以耳語和阿兵哥貼身交易。據我了解住在中部某靶場附近高齡60歲的「肉粽伯」，正是這個特殊行業裡的第一把交椅！你若見過他利用射擊區槍枝換彈夾的空檔在靶場壕溝內匍匐前進，把熱騰騰的肉粽賣給拿靶牌的菜鳥士兵時驍勇的樣子，你絕對會不由得當場讚嘆：「好個要錢不要命的老傢伙！」

據肉粽伯本人表示：「偶踏入野戰福利社這個行業三十幾年來從未被滿場飛的子彈射中過……偶靠的不是運氣，而是新台幣帶給偶源源不絕的動力及三軍弟兄的熱情支持啦！」

哇～這種拿命在經營的另類福利社，你說～我能不愛它嗎？

阿兵哥～撤條的時候吃個燒肉粽很讚喔！來一粒吧！

我～我現在比較需要的是衛生紙！

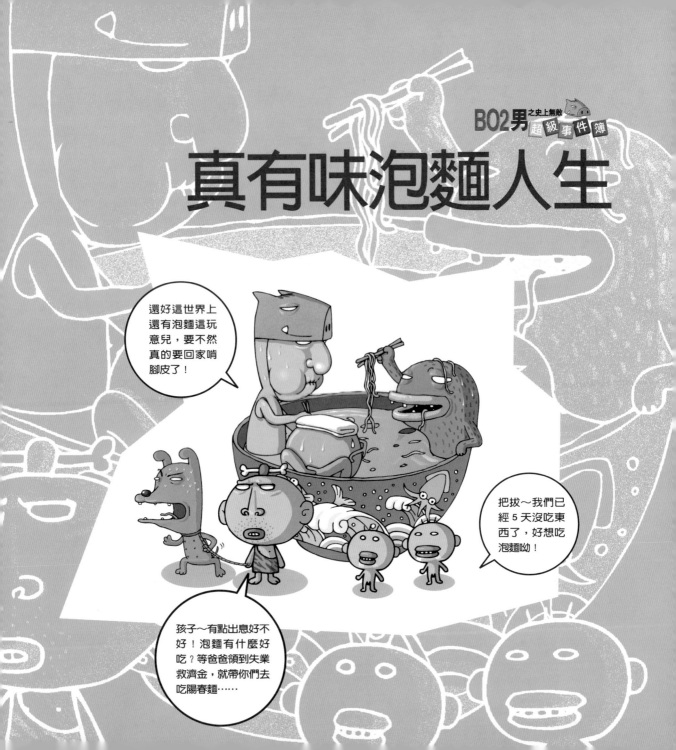

本人並不住汐止沼澤區，我家也不在南投斷層帶…但是我卻跟那兒的居民一樣常吃這種熱水沖泡三分鐘即可下肚的速食泡麵。什麼？喔，你誤會了！哥哥我並非事業忙碌到沒時間好好吃頓像樣的飯，而是因為本人身為「全民失業陣線聯盟」的一員……不嗑這便宜又好吃的玩意兒，難道要我啃自己的香港腳皮嗎？

也不過就這幾年吧，泡麵這種飼料級的食物在媒體全天候報導天災人禍的強力促銷下，已蓬勃發展成家家必備的「國民食品」，但是你知道這種能讓屍體千年不爛的速食麵除了能填飽肚子外，它對人類還有什麼其它的貢獻嗎？不明瞭？告訴你吧，是回憶！想想看，你這輩子是不是總有幾段青澀又低潮的時期是跟泡麵緊密結合的呢？而這些跟泡麵有關的歲月是不是特別值得回味呢？像我此時此刻望著桌前這碗飄著裊裊輕煙的10元泡麵，那些深藏在我心底所有跟泡麵有關的記憶全部湧現了出來……

學生時代窮哈哈，泡麵好似吃龍蝦

相信絕大多數的人，小時候最難抗拒的零食就是乾吃科學麵及王子麵了，而所謂的「乾吃」顧名思義就是不用煮、不用泡，只要把袋口打開倒入調味包，再將麵塊壓碎，搖一搖就可以塞進嘴裡的一種吃法。ㄟㄟ～要知道喔！在我們那個克勤克儉的年代，為了滿足小小的口腹之慾，大夥兒可真是用心良苦咧！有人利用厚厚的課本夾住麵塊，再用拳頭搥打或用屁股壓碎來吃，據說這種混著書本文字油墨味兒的麵可以增強低能兒童的學習能力；也有些住在「鐵枝路」附近的白痴玩伴將麵塊放在鐵軌上讓火車輾個粉碎，再直接趴在地上用舌頭舔起散佈在鐵軌上的米色粉末，聽說這樣不只好吃還能補充發育期極為重要的鐵質！

還有一個從基隆某漁村小學轉過來的高個子同學更猛！他總愛把麵放在他那雙跟計程車長得很像的黃色大雨鞋裡，然後不斷地踱步…來回地踱步將麵踩碎……還記得當年他是這麼說的：「用腳踩硬梆梆的麵對身體很好哦！這就像在公園走健康步道一樣，可以刺激腳底穴道讓自己長高喔，而且這樣踩麵條會有一股濃濃的鹹魚味，這會讓我想起我可愛的故鄉……」

至於從小就愛嚐鮮的我，最喜歡的吃法就是在上課時把麵偷偷放在鳥巢旁的褲子口袋裡預熱加溫，再把手伸進口袋

裡像搓麻將牌一樣搓呀搓地將它慢慢弄碎，等到這鴨子滑水的動作完成後，才假裝打哈欠地將混著淡淡伯勞鳥味的麵屑給塞進嘴裡細細品嚐。我之所以偏好這種吃法可不是因為怕被老師發現喔！而是這樣的吃法總是讓我的舌尖充滿了感動……為什麼？呵呵，因為除了稀有鳥類的口味外，有時天氣熱又幾天沒換內褲還可能吃到難得的魷魚絲口味麵條哩！你嚐過那股來自深海的味道嗎？嗯……套句任賢齊早期的廣告詞：「海洋海洋新鮮味，

真真真正好滋味！」

猛嗑杯麵變禿頭，遠看好似電火球

　　當兵時期的我更是與泡麵難分難捨，一方面是軍中伙食太爛難以下嚥，另一個理由則是因為被同僚影響。怎麼說呢？還記得當時我的師父「姜BOR」瘋狂地愛上了剛上市的「浪味杯麵」，他天天吃、餐餐吃……而且自己吃不過

癮，還要求身為徒弟的我陪著他一起吃。就這樣，與杯麵為伍的日子一天天平靜的過去了，沒想到兩個多月後事情開始發生了變化，我跟姜BOR居然開始掉頭髮了！

不說你不信，我們的頭髮是整把整把的脫落！睡覺時會掉，戴鋼盔時也會掉，有時甚至只是用手指撥弄頭髮，指縫裡也會夾起一堆黑壓壓的髮絲……開玩笑，我們看起來就像一對嚴重掉毛的泰迪熊！怪怪，就算照

「鑽六十」也沒這麼嚴重呀！

因為一點都不想被別人叫成「電火球」，更不想在多年後從政選台北縣縣長，所以為了個人健康及台北縣居民的福祉，我們當下拒絕了杯麵改吃軍中福利社賣的橘黃色袋裝牛肉麵。要知道這種軍中獨賣的泡麵，它的滋味可是一等一的好咧！湯鮮味美、肉香濃郁、麵條QQ又有嚼勁……這種麵之所以好吃，它的泡法可是佔了很重要的因素喔！你非得用電湯匙將鋼杯裡的水煮到沸騰，再把麵放入鋼杯中滾個2分鐘才能逼出它那股誘人的味兒……

還記得當時就有個管運輸補給的士官「老宋」就因為受不了這種麵香而幹下了蠢事。什麼蠢事呢？相信很多人都有耐不住性子，等不及將麵泡好，就先把湯匙拿起來舔的經驗吧？這種事情老宋也做了，只是他舔的這根跟各位不太　樣，他…他舔的這根湯匙尾端還連著一條長長的電線……

天哪！雖然是這麼多年前的事了，但那聲慘叫及舌頭遇到高溫所發出的滋滋聲，至今仍在我的耳邊繚繞呢！

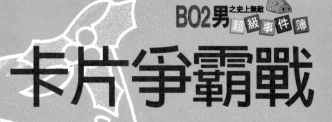
卡片爭霸戰

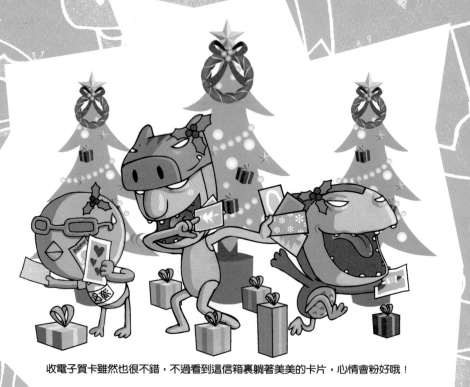

收電子賀卡雖然也很不錯，不過看到這信箱裏躺著美美的卡片，心情會粉好哦！

不管是什麼價位、什麼涵義、什麼公司出品的卡片…只要能夠被消費者挑選上，並成功買回家的都是一張充滿幸運的好卡片！

為什麼我會這麼說呢？因為哥哥我曾經在卡片設計這個行業混過一段不算短的日子，所以我很清楚的知道一張卡片為了達成上帝賦予它傳遞祝福的使命，從設計、製造、鋪貨、銷售……歷經了不知道多少關的考驗及同行的競爭，才能幸運的被消費者帶回家。

這當中的悲壯過程，就像鮭魚為了傳宗接代逆流而上，更像蝌蚪大軍為了成功著床而戰到最後一兵一卒……你想知道這中間的精采情節嗎？OK～哥哥我就把這些你一輩子也想像不到的「卡片爭霸戰」來個大公開……

辣手摧花為生計，乾坤挪移求業績

一般人看到書局或文具店裡選購卡片的大批人潮，一定以為這個行業很好賺對不對？告訴你吧，其實賣耶誕卡是相當容易賠錢的，要知道這些銷售期只有短短一個月的耶誕卡，其售價約為製造成本的四倍左右，而批給店家的金額通常是以上價格的５折，所以各位可以很清楚的明白，卡片公司的利潤實在是低到讓人想流眼屎！更慘的是這些卡片可不是賣斷的呦！所以如果在聖誕節前賣不掉就會被退回公司的倉庫等著長香菇，待隔年再降低售價促銷…若明年還是賣不掉怎麼辦咧？

唉～這些銀子堆出來的廢物要不就是整箱整箱以擦過屁股的衛生紙價格賣到新加坡或馬來西亞等國，再不然就放把火拿來烤地瓜……正因為卡片這個行業這麼難搞，所以有些卡片

喂！你在幹嘛丫？為什麼偷偷把我的蘿蔔換成卡片？

哇～掉包被抓包～啊～歹勢啦！生意不好捧個場嘛～

公司為了生存會使出非常手段來打擊對手、搶地盤、拼價錢，甚至有些黃金銷售點還會有「市場特派員」從早到晚的駐守哩！

你說什麼？不不不～你誤會了！這些特派員跟超市裡促銷香腸或冷凍水餃的那些試吃人員不一樣，他們可是受過特殊訓練在執行「辣手摧花」及「乾坤大挪移」這兩項危險任務的喔！

所謂的「辣手摧花」就是這些特派員假借整理自家卡片的名義，偷偷用手指將鼻孔裡的「羊羹」抹在別家公司的卡片上讓消費者打消購買念頭……（ㄟㄟ～你別以為這種工作很容易，你來挖一整天試試看！）

至於「乾坤大挪移」的難度就更高了，因為所有的交易都必須透過收銀台的條碼掃描機來完成，所以特派員必須在賣場防盜攝影機的嚴密監控下，迅速將別家公司不同條碼售價的卡片包裝對調，例如30元的卡片換上15元的條碼包裝。喔～這樣消費者就會認為這卡片俗又大碗而拼命買，結果這看似暢銷的卡片就變成賣得越多賠得越多的吸血卡囉！

還有些更狠的特派員直接將這些熱銷的卡片換上自家的包裝袋……嘿嘿！這樣一來就不知道有多少同行在幫著自己公司賺錢呢！

卡片市場如戰場，兵不厭詐耍賤招

雖然說以上這兩種賤招對於打擊對手及創造業績都相當直接有效，但畢竟還是有些人怕將來生了兒子沒屁眼，所以另外幾種比較不賤的方式便孕育而生。還記得兩年前我的前老闆「小南佛」要我帶著空紙箱開車載他去耶卡賣場，他拿著箱子下車時我還在納悶：「這耶卡才剛上市就要拿空箱去收退貨？我設計的卡片真的這麼難賣嗎？」

結果我才知道，原來他把空箱子扛在肩上假裝要進去補貨，再利用店員不注意的時候偷偷將別家銷售量最差的卡片給裝進箱子裡「鏟」回來……這招厲害吧？因為這些憑空消失的卡片是不會在櫃檯收銀機裡留下任何銷售紀錄的，所以這批卡片該公司是一毛錢也賺不到！這還不夠慘喔～因為這個戲法一變，對手在查補貨時便會傻傻地以為這些原本滯銷的卡片突然銷售一空，而開心的加緊趕工再版……經過這樣一搞，這家卡片公司在耶誕節結束後就得集合全體員工，含著眼淚拿著退貨準備生火烤地瓜了！

至於小南佛發明的另一招就更有趣了，你知道有些連鎖書局的卡片賣場會提供荣籃子給消費者購物嗎？當年這位付我薪水的老兄就曾偷偷尾隨那些手挽著荣籃子採購卡片的顧客，再伺機把本公司的卡片跟顧客原先挑選的卡片掉包，等到結帳時這些卡片就莫名其妙的被買回家了！

至於身爲卡片設計師的B哥本人我，所使用的方式則是比較傳統而善良的……連鎖信你收過吧？嘿嘿！我特別挑選了幾張銷路不是很好的卡片寄給親朋好友，卡片上特別註明：「這是一張從1801年便開始流傳全世界的連鎖卡，收到此卡的人必須在48小時內寄出10張一模一樣的卡片給10個不同的人，否則就會有厄運降臨……」

這招眞的很靈也很好用喔！這幾版滯銷的卡片在一個禮拜之內就銷售一空。

然而就在這些卡片宣告缺貨的第2天，這連鎖卡居然又被久未聯絡的老同學給轉寄回本人的信箱……

唉！結果過了沒多久哥哥我就開始有一餐沒一餐地在這裡爬格子了……你說…靈不靈？

喔～連大姨媽都被K出來了…酷！

用張卡片就想打發？B哥……扁他!?

嗚～經濟不景氣嘛～人家我也是千百個不願意呀～

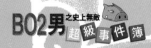

我的志願

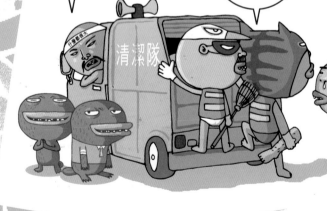

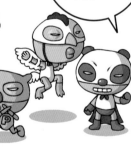

從小到大各個時期，我們都立過不少了不起的志願，例如小男生希望自己將來是個科學家、太空人，或醫生來造福人類……小女生則希望做護士、老師、車掌小姐來貢獻社會。然而隨著年齡的增長，內分泌及荷爾蒙的激增，這些崇高的志向逐漸開始有了些轉變，男的開始希望自己變成有錢的大老闆、大地主或是有權有勢的駙馬爺……女的渴望自己成為中國小姐、藝人或是躺著沒事幹的少奶奶等等。你呢？你的志願是不是也像大部分的人一樣，一改再改、變來變去咧？

自小胸中無大志，只想加入清潔隊

本人從小立下的第一個志願很清楚的寫在我小學四年級上學期的作文簿上，「我將來要當個偉大的清潔隊員！」或許各位會覺得很奇怪，為什麼不是閃電五騎士的隊員或科學小飛俠的隊員，偏偏要選擇整天與垃圾為伍的清潔隊員咧？難道是因為可以在逢年過節的時候挨家挨戶收紅包，或偷偷讓大卡車倒廢土牟利嗎？（先聲明，我說的是當年喔～現在應該沒有這種違法的現象了啦！）唉～還不都是因為老師常常告訴我們：「清潔隊員及郵差的收入雖然很少，但是他們每天默默地為我們服務，很辛苦，所以我們要學習他們犧牲奉獻的精神！」沒錯，從事

這兩種職業的人都相當令人欽佩，但我不會認路、方向感又差，更不想把自己打扮得像隻青蛙，所以這輩子做郵差是沒指望了，但是把清潔隊員當做未來人生奮鬥的目標則是可行性相當高的一件事！

就這樣，我用鉛筆在作文簿上立下了今生的第一個志願。但就在寫完這篇作文後的第二天，有個傢伙打了通電話給我爸媽，說本人哥哥我胸無大志、思想怪異，一定是家庭教育出現嚴重龜裂的問題！莫名其妙被電話那頭唸了一頓的Ｂ爸，全身燃起熊熊怒火，把我貼在牆上狠狠的「關愛」一番！

你猜到底是誰打了這通電話咧？沒錯，就是我的老師打的啦！我真

的無法給它想透，明明就是他在課堂上要我們學習清潔隊員這種偉大精神的呀！為什麼就在我準備踏上這條路的時候，又回過頭來給你爺爺我一記爆漿出汁的迴旋踢咧？（這老師怎麼這樣教學生的呀！職業無貴賤，這句話他沒聽過嗎？）就這樣，我的志願被家人及師長強迫性地改成了發明家。經過

多年後，新聞記者在報導清潔隊員年終尾牙聚餐，邀請鋼管女郎現場秀辣舞時，從我老爸羨慕的眼神及快速分泌的唾液、上下滑動的喉結看來，他肯定是極端後悔當初沒能讓我選擇這個行業！唉～老爸，現在後悔了吧！

ＩＱ零蛋真見笑，智力測驗過不了

國中畢業前夕我的志願又改了，這次我想報考ＸＸ海專，等將來畢

吃香喝辣？哈哈～公主那張臭臉擺在你面前你還吃得下去嗎？

我的志願就是把公主娶進門，然後天天吃香喝辣……

是呀～小心她一不開心把你的牙都拔光囉……

業後當個以四海爲家的船員！爲什麼呢？呵呵，可以免費環遊世界兼賺錢當然是理由之一，但最主要的原因可是衝著這所學校的招牌黑大衣來的喔！要知道當年這所「行船人專科學校」的學生可是出了名的驍勇剽悍呢！尤其是一夥人「群幹」時，那件及膝黑大衣一套在身上，就會變得好像小馬哥附身一樣的刀槍不入、走路有風，就連揮出去的拳頭都彷彿因爲這件大衣而增加了好幾磅的勁道！所以正值血氣方剛年紀的我，理所當然的因爲這件大衣而把這個志願加進了人生的規劃中。

但是…但是……我萬萬沒想到……經過一場考試，這個難能可貴的熱血志願居然變成了王傑口中的一場遊戲一場夢，五專聯招我居然只考了一百多分，

連最低錄取標準都沒達到（這一百多分還是作弊來的呢！）這時我才知道，原來不是嗑嗑檳榔、喝喝保力達B就能當漂撇又純情的行船人……要討海嘛是要會唸書的呢！

後來因爲連續劇強打的關係（＜少年十五二十時＞），我跟同學又去報考了中正預校。

什麼！你說好男不當兵，好鐵不打釘？喂，你少老土了！要知道在那個年代當軍人就像現在當議長或鄉代一樣，是個了不起又有特權的好職業喔！而且當軍人只要拿著槍桿吋…吋…吋…這應該不會太難吧!?憑我壯碩的身材加上右手那根靈活度與中指不相上下的食指，扣扣步槍板機來保家衛國根本是小事一椿！

就這樣在師長及家人的大力支持下，

我沒意見，不過拜託妳先去洗把臉再來吧！

孔老爹，我的志願是要像你一樣耶～

我毅然決然、風蕭蕭兮易水寒地去報了名。繳了報名表、體檢、身家調查……一切都OK！接下來就要進入最後的階段——考試囉！考什麼呢？對不起……這一點我沒辦法告訴你…因為……因為我在第一堂的智力測驗就被宣判智能不足而被刷掉了！嗚～阿濟呀！為什麼沒有人在事前告訴我，智能不足是不能當軍人的……好恨呀！

經過很長一段時間的沉浮，現在的我又有新志願了。我希望在未來新的一年裡能夠順利當一個「有份好職業的人」……什麼？你說景氣這麼差，我在作白日夢？喂，我想想也不行嗎？幹嘛一定要吐我槽！就算找不到好工作，讓我接幾個像樣的案子削一票總可以吧？拜託啦，我的孩子們在等著錢用呢！求求你們囉！

紐約帝國大廈

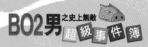

誰來救救爛廣告

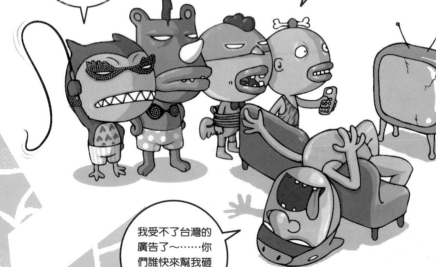

你看過爛廣告嗎？你曾經被那種莫名其妙的爛廣告困擾嗎？告訴你～哥哥我就是看了太多爛廣告而生病的！知道嗎？每當病發時我都會不由自主地指著電視邊看邊罵，罵不夠還要再熬夜寫心得報告……天哪，我真的好痛苦喔～這一切都是爛廣告害的！

牛奶澆在兒身上，期望長大變成樹

你看過一支從多年前就一直播到現在的奶粉廣告嗎？內容是一個母親拿著灑水器邊澆水邊說：「孩子，我要你將來長得像大樹一樣！」講句良心話，這支廣告就視覺畫面

上來說，導演的安排是很OK的！有陽光、有歡笑、天很藍、草很綠、溫馨又和諧，完全符合產品的調性。但是我怎麼也想不通一件事，廣告中的這個娘為什麼不希望自己懷胎十月生下的孩子變成大人、成人、高的人或有用的人，偏偏希望他長成一棵大樹？長成別的不好嗎？

就拿我來說好了，我希望我的孩子將來健康、快樂、有出息，也希望他們能又高、又壯、又瀟灑，但我絕對不要他們喝了這種奶粉變成一棵樹！而且你知道嗎！有些秀逗的媽媽們在看完廣告後，居然也有樣學樣地在灑水器裡裝滿牛奶，澆在孩子頭上咧～相信我，南台灣真的發生過這種事……

至於另一支奶粉廣告就更離譜了～還記得那個在廣告裡高唱「茼蒿」，但卻連什麼是沙士都不知道的大陸偷渡客嗎？這一次他居然又來台灣了，而且還指名要買「德X蜜」羊奶粉喔！最後連逮捕他的警察也被影響，卯起來訂了好幾箱。喂，你們知道一罐羊奶粉要多少錢

待會兒你只要說「哩感冒呀」，很簡單的！

導演～台語我真的不行啦～我只會說「小胖～小胖～」

導演～到底好了沒有呀？

呀？粉貴柳！我們台灣的老百姓都快窮得啃樹皮了，偷渡來台的「阿陸仔」卻有錢買羊奶粉？這是怎樣呀!?而且據我了解，咱們台灣的條子伯伯大多是喝洋酒的…哪有可能會轉性喝羊奶咧？ㄅㄟ ˋ～真是亂拍一通！什麼跟什麼嘛！

鋼絲女還真會掰，看了廣告全都昏

有些洗髮精廣告也是讓我看得「霧煞煞」的，就拿「都昏」這個牌子來說好了，廣告裡特別找來一位長相很詭異的女記者現身說法，她說她用了這種加了乳霜的洗髮精，頭髮就變得又柔又亮，一梳就開了！她總算可以跟鋼絲頭的外號說掰掰了……很聳動吧！咱們姑且不論這個女主角的長相表情是不是很欠打，但是這種與「癲痢頭」、「死豬頭」齊名的鋼絲頭都能因為這罐含四分之一乳霜的洗髮精得救……那可想而知，這種洗髮精的滋養成分有多猛了，世界上根本就不需要潤絲精的存在了嘛！

可是偏偏這家公司又推出另一個廣告來砸自己的腳，這次他們找的是一位頭髮很容易斷掉的女生，這個女生的頭髮有多容易斷咧～根據當事人表示，一拉就斷掉了！而且為了強調真的很容易斷，她還特地把這句話重複了兩次。但是自從她用了同樣含有四分之一乳霜的潤絲精後，頭髮就又柔又亮再也不會斷了……喂！不是只要用了乳霜洗髮精就能改善髮質嗎？為什麼又跑出個潤絲精咧？

同樣矛盾的狀況也在該品牌的其他廣告上出現。你瞧，一則廣告說只要用乳霜沐浴乳洗過澡，身體的肌膚就會得到乳霜的徹底滋潤；另一則又說洗完澡後皮膚會乾乾的，但只要用了乳霜潤膚乳液滋潤肌膚後，皮膚會嫩到連腿上的毛細孔都摸不出來喔……天哪！不是才說乳霜沐浴乳很屌了嗎，為什麼又再推出這種「補強型」的商品咧？這要消費者怎麼選擇？

還有一個很重要的疑問是，到底誰的毛細孔是大到可以用手摸得出來的？好～就算真的有，那這雙腿還有保養的價值嗎？砍掉算了嘛～真是……

史上最老的菜鳥，運功多年退伍不了

很多藥品廣告也是拍得亂七八糟，但是最讓我脫窗受不了的，卻是一隻鳥所拍的感冒糖漿廣告。這廣告的畫面一開始是某知名歌仔戲演員，身著古裝，面塗濃彩地在鏡頭前很假仙的打噴嚏，這個時候一隻跟畫面完全不相干的鸚鵡杵

在旁邊用台語說：「哩感冒呀～哩感冒呀！」拜託～誰來告訴我，為什麼要安排一隻會說話的鳥在那裡咧？你以為你們在拍《金銀島》或《天方夜譚》嗎？

還有那個在公車站牌旁猛打噴嚏的外國人也是一樣很讓人很受不了！尤其是他喝完感冒糖漿後還要對著鏡頭說一句：「媽你好！」……喂！這句「媽你好」到底是什麼意思？錯誤的文法示範嗎？更讓人想撞牆的是這老外說完這句話後，背景音樂居然還配上哈哈哈的罐頭笑聲…這…這是怎樣…會很好笑嗎？

母呀～挖阿蠅啦，挖勾中傷了，卡緊寄運功散來！

還有「ＸＸ目藥粉」的廣告也同樣讓人噴飯，還記得那個小孩因為感冒喉嚨癢，所以自己用手抓脖子止癢的畫面嗎？喂！有誰會白痴到喉嚨癢用手抓脖子止癢呀？又不是胯下癢！ㄅ

ㄟˊ～你別跟我說就是因為用手抓無效，才需要噴這種藥粉……重點是根本沒有任何一個喉嚨癢的小朋友會出現這樣的行為呀！這廣告的表現手法也太離譜了吧！

至於另一個大家耳熟能詳的運功散廣告，也是讓人匪夷所思！相信各位都對當年投筆從戎的新兵「阿蠅」透過電話說出的那一句經典名言：「母啊～哇阿蠅啦！」不陌生吧!?也相信很多人都知道阿蠅是全台灣當兵當最久的老菜鳥。OK！我們先不管阿蠅為什麼退不了伍，但是各位有沒有想過，阿母跟阿蠅通了這麼多通電話也寄了這麼多罐運功散，阿蠅的內傷為什麼始終治不好咧？究竟是阿母寄去的藥有問題，還是阿蠅騙了阿母，其實他根本沒吃？

唉～可疑之處實在太多了！如果可以，我希望八卦雜誌可以派狗仔隊去調查一下，順便偷拍阿蠅與阿母的私生活再製成光碟讓大夥解惑，不然這種廣告每播一次，我心頭的苦悶的問號就又多一個……

超搞笑 C 級地攤貨

各位讀者,情緒不好、心頭鬱卒嗎?快到地攤上看看這些好笑的C級仿冒品吧!可以讓你快速康復喔!

人客～要不要參考一下本攤位最新的「卑鄙雞」電子錶,配合你們的STYLE剛剛好柳!

喔～這真的太好笑了,我出運啦!

仿冒品的等級分了好多種，混在百貨公司專櫃，跟真品擺在一起騙「好野人」錢的，屬於真假難分、品質超好的「超A檔貨」；擺在精品店裡呼攏無知青少年的，則屬於半調子的「A～B檔」。至於C檔以下的貨色呢？呵呵～這種俗稱爛貨的仿冒品就只能流到地攤上，逗逗大夥開心囉！

說到這個地攤上的仿冒品之所以吸引普羅大眾，可不只是因為它價廉而已喔！最主要的因素是這些四不像的東西，它還肩負著娛樂大眾的重責大任呢！這話怎麼說呢，舉幾個例子吧，像我前陣子就在某觀光夜市賣球鞋的攤位前，因為看到無厘頭的仿冒品而笑到差點當場中風！

改名換姓阿魯巴，滿天星星變空氣

阿迪達你知道吧？就是有三條槓的那個牌子呀！厚～這攤位上滿滿都是這種一雙299的三條槓槓球鞋，而且鞋型都是這兩年剛出來的最新款喔！但是當我定眼仔細一瞧……天呀！阿迪達的英文字樣居然被改成「alubas」！這…這真是太好笑了！aluba後面還加s變複數！幹嘛呀，難道穿上這雙鞋就要被連續阿魯巴兩次以上嗎？哈哈哈～這未免也太慘了吧！除了這種穿了會被揍的阿魯巴球鞋外，還有那種一雙499的康威士喔！你絕對想不到，這個了不起的星星牌球鞋，它的鞋舌上居然被大刺刺地印上了「air star」……？喂～不是該印「all star」嗎？難道這星星被灌了空氣？這真是太科幻了……（什麼？你說可能是加了氣墊！別傻了

哇～這是我夢寐以求的三條槓球鞋耶～

吧，一雙499還給你加氣墊？有海綿墊就不錯囉！我還加胸墊咧～）

名牌Logo裹上身，醜到不行聳到爆

「大」是地攤牌服裝設計師在設計C級地攤貨時常常使用到的表現手法，而那種印刷面積「大」的程度，彷彿在跟每個逛街的人說：「哈囉，我是假的喔，你瞧～我夠大吧！」說真的，我個人認為花錢買到「真的很假」的C級盜版服飾就真的該到蔣公銅像前自我反省囉！

舉個例了，你知道「三宅一生」吧!?這個日本人的設計風格我個人一向很欣賞，但是我在士林夜市看到的「山宅一身」超低腰女性牛仔褲卻差點讓我的大腸從嘴巴掉出來……你知道嗎？這四個字不僅字寫錯了，還大刺刺地以直線排列的方式，以每個字約10公分見方的大小，用補釘的手法縫在褲管上……10公分？沒錯～我說的就是每個字10公分，那四個字加上字間至少就有45公分囉！也就是說當你穿上這條褲襪子低到幾乎可以看到烏黑油亮捲曲髮菜的褲子時，你的大腿就會被這四個好笑的大字給緊緊裹住！喂！這…這到底算什麼？春聯貼在大腿上嗎？真是有夠MGG！（什麼是MGG？就是台語的醜吱吱啦！連這個都不懂～ㄎㄟˊ）

說到這個地攤牌服飾，就讓我想起另一種專賣T恤的攤子也是很勇喔！從＜鐵達尼＞、＜侏儸紀＞的劇照，一直到外雙C、古奇、芬迪等等的名牌LOGO圖案都難逃被他們玩弄的命運……現在就連飲料的廣告明星也不放過喔！這麼說吧，你可能喝過現在很流行的QOO果汁，你搞不好也會在上廁所的時候偷偷唱那首有點智障的主題歌，但是你怎麼也想不到這藍色的廣告圖案現在居然也被拿來盜印在T恤上面吧！而且這些盜印的傢伙為了避免吃上官司，居然還把他的名字改成OQQ！什麼？你說他們亂搞一通好賤？不……這還不夠賤，最賤的是這老闆邊賣還邊拿著擴音器大聲唱：「OQQ有種果汁真好喝！喝的時候酷，喝完買衣服…來呦～一件９９喔！」天哪、天哪！要不是B嫂拉著我，我一定當場給他一記佛山無影連環踢…這真是太扯了！

會唱會亮C級貨，非常綜藝超搞笑

手錶在這個級次的地攤貨當中，也是屬於代表性的好笑商品喔！BABY-G冷光果凍電子錶，你知道吧!?當初這種錶

在流行的時候也是被仿得很綜藝呢！你瞧……這正牌手錶的按鍵給它按下去應該會浮現G或該系列的專屬冷光圖案對不對？但這地攤牌的就偏偏出現凱蒂白痴貓、布丁狗或是阿扁娃娃的大頭……這還不打緊，最要命的是連音樂都被改得很鄉土！你聽過電子錶會演奏「舞女」嗎？呵呵～別意外，就連「愛情A恰恰」都有咧！這讓我不由得想起了B嫂提供給我的一則有點冷的網路笑話……

　話說小明在地攤上買了一支

幾可亂真的POLO錶，但是回家仔細一看……厚～這錶上打馬球的傢伙怎麼不是拿球桿而是拿旗子咧？小明氣急敗壞地拿著手錶跑去找老闆理論，只見老闆冷冷地說：「俐瑪竇幫幫忙柳～這個拿旗子的是隊長啦，你連這個都不知道嗎？要買拿球桿的隊員請到對面鐘錶行去買……」怎樣，有點冷吧？

　沒辦法，這就是地攤貨好玩的地方，所以下次當你心情不好或想娛樂大眾的時候，請記得買點C級地攤貨來開心開心喔！

QOO有種果汁真好喝，喝的時候…等一下，我什麼時候被改名叫OQQ了？真是莫名其妙！

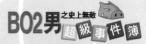
不思議長髮風波

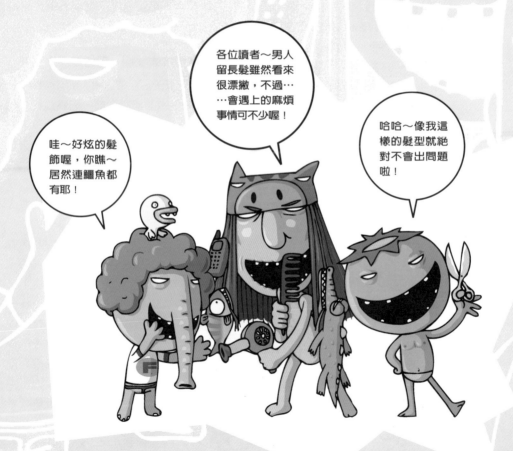

我是個喜歡留長髮的男人,為什麼呢?因為至聖先師孔子留長髮,關老爺留的也不短,黃飛鴻的辮子可以當圍巾,就連動力火車那兩個「那魯萬」的頭髮也給他長到不行⋯⋯你瞧,這麼多有名的男人都愛留長髮,走在時代尖端的哥哥我怎能落人後呢?

是的,頂著一頭可以隨風飄揚的長髮真的是件時髦又瀟灑的事情。但不瞞各位說,除了平日的洗髮、護髮、梳理⋯⋯這些麻煩事外,這一頭不男不女的長髮倒也讓我吃了不少苦頭呢⋯⋯

就拿游泳來說

好了,相信大家都知道,把泳帽這種蠢東西套在短髮男子的頭上是不會有什麼大問題的,但是各位知道嗎?這種東西若套在蓄長髮的鐵血男子頭上,不止破壞造型,還會遇上一些莫名其妙的事情!

泳帽變成大腫瘤,阿伯為你來加油

去年夏天,我帶著家人到台中的馬拉灣戲水兼過父親節,因為這裡是個國際級的水上樂園,所以園方對於穿著泳裝的規定十分嚴格。為了遵守規定,我只好乖乖地將一頭飄逸的長髮盤成一坨塞進我跟友人借來的膚色泳帽內。

游呀游,游了沒多久就有一個骨瘦如柴的老阿伯,緊跟在我身邊像個「背後靈」一般瞇著眼睛盯著我看⋯⋯喂,你知道嗎!被這種疑似老GAY的傢伙盯著看的感覺實在是很不「舒胡」耶!就在我被看得肝火上升,很想大聲問候他家中長輩的時候,這老頭居然紅著眼眶開口了:「少年A~你一定愛堅強起來~愛加油喔!」

死老頭~別逼我用台語問候你老媽~

少年A~你那一粒真正是不壞耶~你看看,手感紮實,軟硬適中,這正是可遇不可求的腦瘤極品呀!哇~

喂，要我加油？還要我堅強？幹嘛呀～拍二二八的電視短片呀！接著他又對我說：「想當初我那一粒比你那粒還大說……厚～啾甘苦喔！每天都只能倒在眠床上，差點就給他死掉咧！還好後來有給醫生開刀割掉，你也要卡緊去給醫生割掉喔……」搞了半天，原來他是在跟我比大小呀！

ㄘㄟˋ……當場我就將他從上到下仔細地打量了一番。說真的，除了他那又黑又皺又多毛的老乳暈比我的大蕊外，還真是看不出他哪裡比我大粒說。難道…難道他指的是「那裡」？不不不……男人「那裡」大粒應該要感到驕傲呀！怎麼可能會痛苦到需要切除？莫非他當初得的是傳說中的「巨睪症」？結果就這樣雞同鴨講、比手畫腳一陣之後才搞清楚，原來這位眼睛老花到脫窗的阿伯因為要游泳所以沒戴眼鏡，結果誤以為頂著膚色泳帽的我是大個光頭，而塞在後腦杓的那一大包頭髮竟被看成了腫瘤……喂，這…這實在是太離譜啦！

長髮飄飄很瀟灑，風波不斷好無奈

長髮塞在泳帽裡被人誤以為是腦瘤，那我把頭髮弄成清秀飄逸的離子燙應該

不會有事吧？

唉，怎麼說呢……還記得有一次我蹲在OK便利商店看雜誌，看得正入神的時候突然聽到兩個女店員在櫃檯低聲對話：「喂～妳看，蹲在地上的那個女的好壯喔！全身都是肌肉，嚇死人了！」

很壯的女生？她們在講誰？這裡除了我沒別人了呀？難道說她們把我誤認為是蹲在地上看《PLAYBOY》的長髮少女？好，沒關係！我不會怪她們的，反正待會結帳的時候她們一定會看到我挺拔的正面，到時候再故意跟她們講講話牽拖一下，她們就會發現其實哥哥我是個不折不扣的男子漢了！我緩緩站了起來，拿了一本雜誌跟一罐飲料走到櫃檯前結帳並故意清了清喉嚨說：「小姐，麻煩妳給我兩包白長壽。」ㄟˋ……這兩個女的彷彿耳朵長繭似地沒聽見我說的話耶！她們只是一直傻傻地盯著我的胸部看……我故意提高了音量說：「小姐～我要兩包長壽煙！」這時她倆才回過神來幫我打包及結帳。

結完帳後我出了店門右轉，找了台機車就坐在上面邊喝飲料邊想：「哼哼～這下她們總應該清楚的知道我是個帶棒子的男人了吧！」這時聽到便利店開門的叮咚聲，這兩個店員一前一後拖著垃

垃袋走出來,邊走還邊嘰嘰喳喳地講:「妳剛剛有沒有看到她的胸部?哈哈哈～她的罩杯一定跟口罩差不多!好扁喔～搞不好還內凹咧!」另一個又講:「就是呀!長那麼醜還離子燙,她乾脆連腋毛也拿去燙一燙算了!」哇哩咧～醜人就不能離子燙嗎?難道要我把褲子脫了才能證明我是男兒身嗎?啐～這真是什麼跟什麼嘛!

還有一次我獨自一人開車到天母誠品買書,正當我埋首書堆時大哥大響了,低頭一看～喔!是B嫂打來的,按了接聽鍵便與B嫂聊了起來,就這麼聊著聊著……等我聊完想把手機塞回褲襠時有件不可思議的事情發生了!……我的頭髮居然跟金屬製的手機鏈糾纏在一起了!這如何是好?解也解不開、拉也拉

不斷……我只好趕快離開人群,速速開車回家找B嫂幫忙了。

沿路我展現高超的駕車技術以單手開車,而我的左手則放在耳邊扶著大哥機以減輕頭皮的痛苦。然而就在我停在中山北路上的某個路口等綠燈時,突然有個騎重型機車的條子出現在我的旁邊,他轉過頭看了看我,二話不說就拿起相機對我連拍了兩張!這～這怎麼回事?他該不會以為哥哥我邊開車邊打電話吧?我手忙腳亂的想開窗跟他解釋,但這個時候他居然猛加了油門一溜煙就跑了……

唉～我留長髮到底招誰惹誰了?

喂～你的眼睛裏到驢子肉了嗎啦?我是男生耶～

這年頭還真是男女平權呀!你看,連女生都站著噓噓咧!

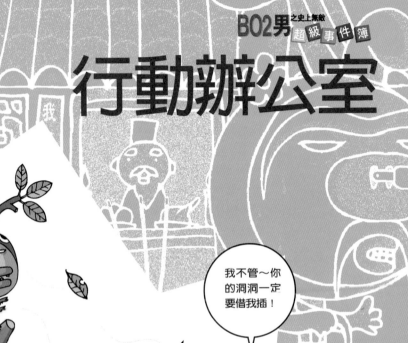

二年多前的政黨輪替，造成了本島前所未見的經濟大崩盤。很湊巧地，哥哥我也因為這塊盤子的破裂而被迫滾出辦公室，回家吃自己……唉！高薪的頭路沒了，養家活口的重擔就由我的肩膀落在B嫂柔弱多病的身上，眼看我就要成為一個幫不了B嫂忙的廢物時……還好，報社留了一扇窗給「無三小路用」的我，那微薄的稿費多少還能買買香煙，補貼一點

可惡！這狼心狗肺的傢伙竟敢在外面亂搞……

B嫂~妳要我調查的事情我已經查到了，B哥今天一整天都在插洞洞……

家用……於是，四處流浪找地方寫稿、畫畫，就成了我每天最主要的功課……

你問我為什麼不待在家裡寫稿而要四處流浪咧？唉！並不是因為我的頭髮像齊秦，也不是我的體內流著狼的血液，而是因為我家裡埋伏了兩個正值「豬狗嫌」年齡的孩子。（一二三歲人人疼，四五六歲豬狗嫌，這句話出自＜理運大頭篇＞，意思是說一～三歲的孩子因為單純什麼都不懂，所以人見人愛。但是四～六歲的孩子開始會問東問西且精力旺盛，別說親生父母受不了，就連豬跟狗都想罵他一聲咧！）雖然平時有我老媽幫忙帶，但你想想，我這個做爹的若待在家裡，這兩個長了小雞雞的怪物會放過我嗎？瞧，從把屎、把尿、擦屁股，到餵飯、洗澡、哄睡覺，一樣也少不了！最慘的是午睡起來還要帶他們到公園散步……你們說，我能在這樣的環境下工作嗎？白痴也知道不行嘛！

於是乎我想學《哈利波特》的作

者一樣窩在咖啡館裡寫作畫畫，並希望有朝一日能像她一樣出書削海！可…可是付諸行動後發現，你嘛幫幫忙咧～這咖啡很貴柳！況且我賴以維生的「彈弓仔電腦」實在有夠大粒，除非找個挑夫幫我扛，否則我根本無法帶著它離開家門……這怎麼辦咧？

咖啡加電腦～愛心NB不來電

離不開電腦又口袋空空的我，只好厚著臉皮到同學的工作室打游擊。但是，天哪！這新店到內湖的路途還真是遙遠，一個月下來別說是吃喝了，光是油錢就讓郵局的提款機嚇到吐不出鈔票來！就在我即將含恨放棄這份堅持許久的工作，準備到餐廳打零工之際……B嫂居然偷偷用她那少得可憐的公務員薪水，分期付款買了一台NB送給我咧！喔耶～（搬搬彎喔～你別亂說好不好？她送NB自然美給我幹嘛！我說的NB是notbook啦！）怪怪嚨滴咚，什麼叫做幸福？這種感覺就是啦！B嫂的這份用心真是讓我感動到不行呀！知道嗎？有了這台愛心NB當行動辦公室，我就可以理直氣壯地逃出家園，遠離怪獸啦！鴨比～鴨比！（你不知道鴨比是什麼？喂～你都沒在聽光禹的節目呦！遜～）

但是，開心歸開心，有一個現實的問題還是得立刻解決，什麼問題咧？不不不……不是B嫂的愛心NB電腦出問題啦！現在的電腦都已經會煮那種「迷～迷，乓～乓」的大粒土豆，哪還會出什麼狀況!?我說的是電源啦！你們誰來告訴我，我要去哪裡找插座來給它插呀？對，你說得沒錯，這玩意兒是有個電池，但是在連續使用下也頂多撐個兩小時就不得了！這下可好，正事還沒辦，找插座反倒成了當務之急！沒關係，我印象中公館的「羅X倫」咖啡店的吸煙區好像有個插座……走！出發總要有個方向，咱們就上那兒瞧瞧去！

果真，花了45元點了杯咖啡走進吸煙區右側，你瞧～那最不顯眼的角落，不正有個粉嫩無毛的插座含羞等著我去插嗎！我插、我插、我插插插……喔，來電了！我喀喀喀地狠狠打它幾行字，再優雅地啜飲一口咖啡……啊，一幅功成名就的畫面在腦海升起……哥哥我總算體驗到當SOHO族的快感！

「好花不長開～好景不常在～」此時忽然傳來鄧麗君美妙的歌聲，歌是很好聽，但這歌詞彷彿在提醒我，有些麻煩的事就要發生了！果然，一個獐頭鼠目的制服男跑過來大聲地對我說：「先

生，本店並不提供插座喔！請你立刻將插頭拔掉！」

這…這是幹嘛？拔蘿蔔呀！居然叫我立刻拔掉……真他馬兒的：「借插一下是會怎樣呦？你們不是日商經營的嗎？你們在日本開的店就有免費提供插座，為什麼到台灣就沒有？瞧不起台灣人啊～老子再也不來了！」

我很憤慨地拔掉插頭離開了這倭寇的巢穴，開著車鬱卒的四處亂繞。

ㄙㄨㄟ不單行，公廁瀟灑走一回

就這麼繞啊繞的，我繞到了環河南路高架橋下的一塊空地……見鬼了！這兒居然有間空無一人，且配有標準插座數枚的救難大隊臨時辦公室！喔～這真是令人爽到不行了的好地方耶！

按照現場所留下的灰塵厚度來看，這間辦公室肯定許久無人使用，不如我就以「納稅義務人」的身分借個插座來用用吧！當場我就用自備的延長線將電源接上了電腦…呼呼，坐在車上邊聽音響、邊工作也是一件愜意的事！但俗話說得好：「好事難成雙，壞事總成對！」哥哥我開機還不到十分鐘，就有個穿紅外套的傢伙騎著機車帶著一個胖條子跑

來，對著我的車子大吼：「是誰准你偷牽電的？我告你偷電喔！」這下我也火了，一開門下了車我就當著那胖條子的面劈他一句：「給我插一下你會死喔！」大概他看我又凶塊頭又大，頭髮又留得像野人，馬上改口：「借…借用可以啦！麥…麥用偷A就好了……」

哇哩咧～把我當賊看！好，現在就算你把整個插座挖下來送給我，老子也不屑用啦！拔掉電線發動車子，我像一頭受了傷的野獸，緊握著早已磨損的MOMO方向盤，死命地踩著油門，沿著堤外道路朝家的方向加速……再加速…嘰～等等！河濱公園免費停車場旁的那間房子是什麼？好像是公廁…對啦！公廁裡不都有插座嗎！還等什麼～馬上把「含都路」打兩轉，直接將車子甩進了免費停車場！啦啦啦～這30公尺的延長線剛好夠用，我又可以安穩地坐在車上開心工作囉！

這樣的好光景大約持續了20分鐘…20分鐘後有個老傢伙從廁所後面出來，一拐一拐地揮舞著馬桶刷對我大呼小叫！唉，經過之前那些事，我用屁股上的第三隻眼想都知道，一定又是廁所的管理員來趕人了……算了，公廁本來就

是屬於玻璃的,我還是走吧!上哪兒呢?上山去囉。

神呀～請多給我一點電吧!

　　我記得人煙稀少的新店大香山上有間土地公廟,或許那兒會有插座供我用吧!沿著山路加速,在17吋的倍耐力不斷發出悲慘的嘰嘰聲及焦味後,土地公廟總算出現在我眼前了!下了車,我先用國台語交雜的跟廟公溝通,希望他能行個方便。過了許久,這牙齒不太多,耳朵也不太好的廟公總算聽懂我的意思:「偶本人沒意見啦!但是你要博個杯,問問土地公的意思是安怎呀!」

　　哈哈,這是應該的…應該的!阿伯,我要開始囉……我博～笑杯,我再搏～卡好咧!又是笑杯…天哪!連著三個笑杯,我燒掉半缸汽油殺來這裡居然給我擲出個三個烏魚子!我…我招誰惹誰了我……

　　寫到這裡,相信一定有很多朋友已經「凍未條」的想叫我

去網咖或漫畫王試試!說真的,我不是沒想過,但是這一整天下來的基本消費再加上停車費我根本負擔不起……(況且這些場所經常有妙齡少女逗留,我可不想讓B嫂擔心呀!)唉～各種方法我都試過了,相信嗎?到最後居然連圖書館也不歡迎我!有些學校的圖書館說我不具學生的資格不能進入,還有些公營的圖書館更惡劣,他們根本不讓人帶電腦進去……這是什麼道理?真搞不懂……唉～算了,天也黑了,我也累了,反正這一切都是命,還是回家跟B嫂訴苦吧!

敢偷我的電?給你點顏色瞧瞧!

偷你的電又怎樣!反正插頭已經被我吞下去了～咬我呀?

那知我剛進家門，連電腦包都還來不及放下呢，就苦命的被爹娘催促著再出門……什麼事呢？還不是因爲我姊姊她男人尿尿用的那根雞腸子，莫名其妙被小石頭塞住痛到去醫院掛急診住院，而我……就是那個被指定到醫院當看護的閒人！望著B嫂不捨又體恤的眼神，我嘬了嘬嘴唇送出個飛吻給她後轉身出門。

到了醫院看看手錶……嗯，晚上8點了，我慢慢走進706病房……此時我笑了，我本人開心地笑了！你們猜怎麼著？這牆上居然有個插座！

鴨比～我完全顧不得那個跟我老姊

有一腿的瘦小男人在床上扭曲著痛苦呻吟，我只顧著拉NB的電源線往牆上那個插座開心地用力捅…這真是太好了，我好不容易找到了不會被人趕的免費插座！

喔～B嫂……一定是妳的愛心感動了天！說真的，娘子…我會好好利用這台妳省吃儉用買下的NB闖一番事業……至於牆上這插座，妳倒別擔心使用的時間，因爲我會想辦法讓病床上的這傢伙持續躺到我光宗耀祖的那天……我保證很快就會帶著妳跟那兩個長著雞雞的怪物去環遊世界！妳現在就快去準備行李吧，慢了可就來不及囉～

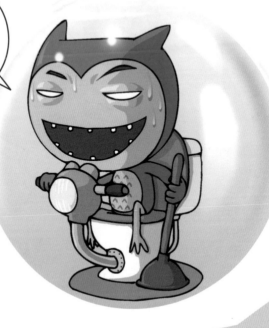

如果有一天，人類可以像大雄一樣，乘著時光機器任意穿梭於過去或未來……你猜這個世界會產生什麼樣有趣的變化？故宮博物院裡的寶貝會不會變成地攤上供人套圈圈的垃圾？夜市裡爬在地上賣抹布、口香糖的傢伙會不會被四肢退化的未來人取代？什麼？你說我想太多了!?喔，拜託柳！現在科技這麼進步，這世界上哪還有什麼事是不可能的呀……

是呀，你沒瞧見現在的科技都已經進步到DVD可以遙控快轉或「巴股」，IE瀏覽器更可以按個游標就輕鬆回到上一頁或下一頁嗎？所以這種跨越時空的事情根本就是指日可待嘛！而且說不定到最後這種超時空的科技機器還會發展成像大哥大一樣普及咧！

到時候很有可能打開電視看到的都是最新款時光機的廣告，好比說擁有冷光面板＋和弦鈴聲的時光機、配有電腦免痔馬桶座及蓮蓬頭的時光機、三個月免費無線寬頻飆網的時光機等等……屆時我們就可以利用這種科技來改變許多悔不當初的事情了，例如沒戴套子不小心讓馬子懷孕，卻又不想花錢去診所夾娃娃的男性朋友，就可以重新回到那個月黑風高的夜晚，乖乖地替自己的小鳥穿上雨衣來徹底解除危機！至於連續敲烏龜敲到瘋掉的樂透迷，也可以坐上這種時光機器回到過去，重新簽注來個鹹魚大翻身！就連目前被低迷景氣逼到快集體喝巴拉松的觀光旅遊業，搞不好都會因為這種科技而重獲生機呢！

好比說原本經營大陸線的旅行社，就可以組個能與幼年蔣公一同看魚的「逆

流而上」團，讓所有旅客與一代偉人共同成長，並看看自己是否能如蔣公一樣被兩條吃得太撐的魚影響一生！至於原本走歐洲線的旅行社則可以跟信用卡公司合作，一起推出個五天四夜的「梵谷之旅」，讓所有團員能藉此機會與藝術大師一同體驗割耳朵的樂趣！

能夠讓時光倒流是件非常有意思的事情，但若說到讓時間快轉～呼呼！我相信更會讓很多人興奮到小便分岔

喔！你看，只要坐上時光機，繫上安全帶，設定好時間……咻咻咻……不管是政府的公共工程品質，還是政治人物的選前支票，咱們通通都可以一一提前去檢驗喔……而家中有初生嬰兒的家庭，若擔心奶粉尿布錢太貴，也可以結伴到未來世界，看看這娃兒長大後是否孝順，如果不孝順的話現在就可以考慮把他捏死！

怎樣～不可思議的好用吧，

甚至喔～想替朋友兩肋插刀、掏心掏肺前，都可以藉此機器來看看這一切是否值得！什麼？怎麼做？唉～其實很簡單啦……就是參加自己的葬禮嘛！瞧～只要在公祭現場看看誰包得多，誰又包得少……是不是就可以很清楚的知道哪些朋友該掛樹頭，哪些朋友又該放水流了！

如果這一天真的來臨，我想……我最希望做的一件事，就是帶著一枚大型軟木塞坐上時光機回到三十幾年前某月某日的中午12點半。（這個時間也就是我媽把我從體內排出體外的前半個小時）

你們一定猜不透我千里迢迢、披星載月的回到那個時間到底打算幹嘛對不對？唉，告訴你們吧！因為曾經有個算命老頭說我的命運之所以崎嶇坎坷就是因為生不逢時，因此我想回到那關鍵的時刻，強迫我媽把她的大腿夾緊一點，多撐一小時後再把我生下……你瞧瞧，只要我能晚出生一個小時，怪怪～我的命運就會從此改觀，富貴榮華享用不盡咧～什麼？你說萬一我媽腿酸夾不住了怎麼辦？

ㄅㄟˇ～你忘了我有帶大型的軟木塞嗎？（嘿嘿～怎樣！佩服哥哥我慎密的心思了吧！）

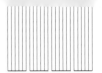
大塊文化出版股份有限公司　收

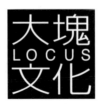

編號：CA045　書名：　B02男之史上無敵超級事件簿

大塊
LOCUS
文化

讀者回函卡

謝謝您購買這本書，為了加強對您的服務，請您詳細填寫本卡各欄，寄回大塊出版 (免附回郵) 即可不定期收到本公司最新的出版資訊。

姓名：_____**身分證字號：**_____

住址：_____

聯絡電話：(O)_____ (H)_____

出生日期：_____年_____月_____日　E-mail:_____

學歷： 1.□高中及高中以下　2.□專科與大學　3.□研究所以上

職業： 1.□學生　2.□資訊業　3.□工　4.□商　5.□服務業　6.□軍警公教
7.□自由業及專業　8.□其他_____

從何處得知本書： 1.□逛書店　2.□報紙廣告　3.□雜誌廣告　4.□新聞報導
5.□親友介紹　6.□公車廣告　7.□廣播節目8.□書訊　9.□廣告信函
10.□其他_____

您購買過我們那些系列的書：
1.□Touch系列　2.□Mark系列　3.□Smile系列　4.□Catch系列
5.□PC Pink系列　6□tomorrow系列　7□sense系列　8□天才班系列

閱讀嗜好：
1.□財經　2.□企管　3.□心理　4.□勵志　5.□社會人文　6.□自然科學
7.□傳記　8.□音樂藝術　9.□文學　10.□保健　11.□漫畫　12.□其他____

對我們的建議：_____
_____
_____

新世紀髒郎出書了！

饒現BO2，是從一張「大台北最佳幽會及棄屍地點」的插圖開始，之後便一時失察任其摧殘我的版面一年又一年。最氣BO2，是他每次交稿前的狗屁保證～「放心！小雲姊，這次的圖保證可愛，絕對不髒……，什麼？大便？沒有啦～尿液？當然也沒有～放心啦～」可是BO2，圖裡卻有蒼蠅、蟑螂、屁眼和腦漿啊……！提到BO2，似乎總是這麼開頭的～「ㄟ、我很喜歡你版面的一個作者耶……真的好賤、好髒、好好笑……」所以BO2，像你這種新世紀髒郎能上報、出書，證明時代真的是變得更有趣、更良善了！不然BO2，你和你的稿子早就被我以「空中三迴旋＋奪命連環摔」給安樂死了！恭喜BO2，請杯咖啡，再接再厲（賤）吧！？（當然BO2，你真正該感謝是：給予編輯充分自由的中國時報創辦人余老先生，和有眼光的大塊出版啦！）

〈中國時報〉酷樂星球版惡勢力老編 SUMMER

人類一思考，BO2就發笑，
BO2一思考，你就「凍未條」……
一個連跳蚤都會舉起 6 隻腳鼓掌的無厘頭新秀，
一本專治冷感、乏味、人生無趣、活著不耐煩的搞笑傑作！

「聯合報」〈夏綠蒂的異想閱讀〉、
「中國時報」〈自動販賣機〉專欄作家　夏綠蒂

BO2的畫很賤，是我們大家的一種變型，我特哈香腸嘴，我好想變成他喲！

「中國時報」執行副總編輯，《時報週刊》副董事長　卜大中

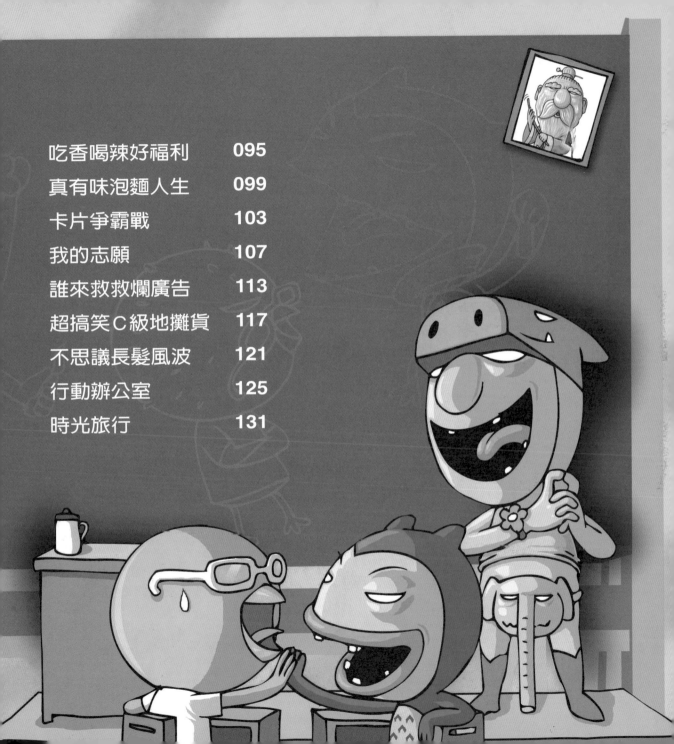

BO2男之史上無敵超級事件簿 目錄

值日生：校長

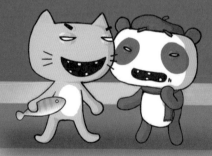

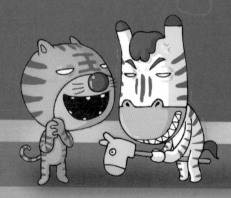

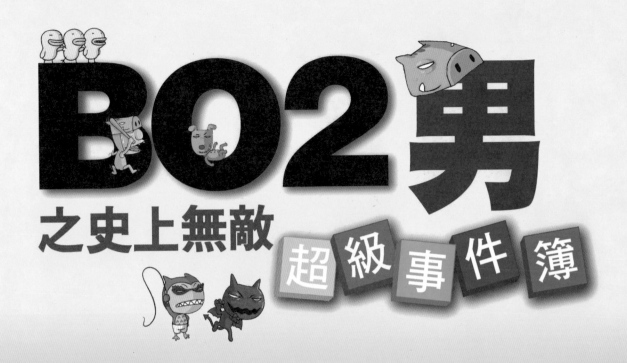

BO2男之史上無敵超級事件簿

BO2 圖·文

catch 45　B02男之史上無敵超級事件簿

作者：B02

責任編輯：何若文

美術編輯：謝富智

法律顧問：全理法律事務所董安丹律師

出版者：大塊文化出版股份有限公司

台北市 105 南京東路四段 25 號 11 樓

www.locuspublishing.com

讀者服務專線：0800-006689

TEL：(02) 87123898　　FAX：(02) 87123897

郵撥帳號：18955675　　戶名：大塊文化出版股份有限公司

e-mail:locus@locuspublishing.com

行政院新聞局局版北市業字第706號

總經銷：北城圖書有限公司　　地址：台北縣三重市大智路139號

TEL：(02) 29818089 (代表號)　　FAX：(02) 29883028　29813049

製版：源耕印刷事業有限公司

初版一刷：2002年5月

定價：新台幣 200 元

ISBN 986-7975-16-2

Printed in Taiwan

國家圖書館出版品預行編目資料

B02男之史上無敵超級事件簿 / B02圖.文.
— 初版— 臺北市：大塊文化，
2002 [民 91]　面；　公分.—— (catch；45)

ISBN　986-7975-16-2(平裝)

855　　　　　　　　　91006465

catch

catch your eyes ： catch your heart ： catch your mind······

U0009600